Anton Tschechow

Eine langweilige Geschichte

Aus den Aufzeichnungen eines alten Mannes

Übersetzt von Korfiz Holm

Anton Tschechow: Eine langweilige Geschichte. Aus den Aufzeichnungen eines alten Mannes

Übersetzt von Korfiz Holm.

Skutschnaja istorija. Entstanden 1889, Erstdruck im selben Jahr in der russischen Monatszeitschrift Sewerny Westnik in Sankt Petersburg. Hier in der Übersetzung von Korfiz Holm, erschienen unter dem Titel »Schatten des Todes«, München, 1902.

Neuausgabe mit einer Biographie des Autors
Herausgegeben von Karl-Maria Guth
Berlin 2016

Umschlaggestaltung von Thomas Schultz-Overhage unter Verwendung des Bildes: Vasily Surikov, Porträt des Arztes A. D. Yesersky, 1910

Gesetzt aus der Minion Pro, 11 pt

Verlag: Henricus - Edition Deutsche Klassik GmbH
Mörchinger Str. 33, 14169 Berlin, info@henricus-verlag.de
Druck: Libri Plureos GmbH, Friedensallee 273, 22763 Hamburg

ISBN 978-3-8430-8100-9

Bibliografische Information der Deutschen Nationalbibliothek

Die Deutsche Nationalbibliothek verzeichnet diese Publikation in der Deutschen Nationalbibliografie; detaillierte bibliografische Daten sind im Internet über www.dnb.de abrufbar.

1.

Es lebt da irgendwo in Rußland ein verdienter Gelehrter, ein gewisser Professor, Geheimer Rat und Ritter Nikolai Stepanowitsch Soundso; er hat so viele russische und ausländische Orden, daß die Studenten, wenn er sie einmal anlegen muß, einen frommen Schauer fühlen, wie vor der reliquienbehängten Wand des Allerheiligsten. Sein Verkehr ist der vornehmste; wenigstens hat es in den letzten fünfundzwanzig, dreißig Jahren keinen berühmten Gelehrten gegeben, mit dem er nicht intim bekannt gewesen wäre. Heutzutage gibt's keine Freunde mehr für ihn, aber wenn man rückwärts schaut, endet die lange Liste seiner bedeutenden Intimen mit Namen, wie Pirogow, Kawjelin und Nekrassow, dem Dichter. Sie alle haben ihn ihrer aufrichtigen und warmen Freundschaft gewürdigt. Er ist korrespondierendes Mitglied sämtlicher russischer und dreier ausländischer Universitäten. Und so weiter, und so weiter. Dies alles, und vieles andere, was man noch anführen könnte, macht meinen sogenannten »Namen« aus.

Dieser Name ist populär. In Rußland kennt ihn jeder einigermaßen gebildete Mensch, und auf den ausländischen Lehrstühlen wird er mit den Epitheta: »der berühmte und verehrte« genannt. Er gehört zu der kleinen Zahl von glücklichen Namen, über die man nicht schimpfen oder hämisch reden kann, ohne beim Publikum und der Presse in den Ruf eines Menschen von schlechtem Geschmack zu kommen. Und so muß es auch wohl sein. Denn eng mit meinem Namen verknüpft ist das Bild eines berühmten Mannes, der hochbegabt und der Allgemeinheit unzweifelhaft nützlich ist. Ich bin arbeitsam und ausdauernd wie ein Kamel, und das ist eine große Sache; und ich habe Talent, das ist eine noch größere Sache. Und außerdem bin ich ein wohlerzogener, bescheidener und anständiger Mensch. Ich habe meine Nase nie in die Literatur oder die Politik gesteckt, ich habe mir nie durch Polemiken mit Ignoranten Popularität zu erwerben versucht, ich habe nie Reden gehalten, weder bei Festessen, noch bei den Beerdigungen meiner Kollegen ... Überhaupt trägt mein wissenschaftlicher Name keinen Flecken, und niemand kann ihm etwas nachsagen. Er ist glücklich.

Der Träger dieses Namens nun, das heißt, ich, ich bin ein Mann von zweiundsechzig Jahren mit einer Glatze, falschen Zähnen und einem unheilbaren *tic*. So glänzend und schön mein Name ist, so finster und häßlich bin ich selbst. Mein Kopf und meine Hände zittern vor Schwäche; mein Hals hat Ähnlichkeit mit dem einer Baßgeige, was Turgenjew auch von einer seiner Heldinnen behauptet; meine Brust ist eingefallen, mein Rücken schmal. Wenn ich spreche oder vortrage, zieht sich mein Mund schief; wenn ich lächle, bedeckt sich mein ganzes Gesicht mit greisenhaften Runzeln. Nichts Besonderes ist an meiner traurigen Gestalt; höchstens, wenn ich mal wieder an meinem *tic* leide, zeigt sich in meinem Äußeren ein ganz merkwürdiger Zug, bei dem wohl jeder, der mich zu Gesicht bekommt, unwillkürlich den grausamen Gedanken fassen muß: »Na, der da macht's auch nicht mehr lange!«

Die Art meines Vortrags ist nach wie vor nicht übel; wie früher vermag ich die Aufmerksamkeit meiner Hörer noch durch zwei Stunden zu fesseln. Mein Feuer, der gute Stil, in dem ich meine Auseinandersetzungen gebe, und mein Humor verdecken die Mängel meines Organs fast vollständig. Meine Stimme nämlich ist trocken, scharf und singend, wie das Zirpen einer Heuschrecke. Aber mit dem Schreiben geht es schlecht. Der Teil des Gehirns, der die schriftstellerische Tätigkeit regiert, hat mir den Dienst gekündigt. Mein Gedächtnis hat nachgelassen, meinen Gedanken fehlt es an der nötigen Folgerichtigkeit, und wenn ich sie auf dem Papier darlegen will, kommt es mir regelmäßig so vor, als hätte ich das Gefühl für ihren organischen Zusammenhang verloren. Mein Satzbau ist eintönig, die Ausdrucksweise dürftig und ängstlich. Häufig schreibe ich nicht, was ich schreiben will; und wenn ich zum Schluß komme, weiß ich den Anfang nicht mehr. Oft vergesse ich die gewöhnlichsten Worte, und stets muß ich eine Menge Energie verschwenden, damit ich keine überflüssigen Phrasen und unnützen Einleitungen in meine Briefe hineinbringe. Das alles ist ein klarer Beweis für den Niedergang meiner Verstandestätigkeit. Und, das ist interessant: je einfacher der Brief, desto qualvoller die Anstrengung. Bei einem wissenschaftlichen Aufsatz fühle ich mich viel freier und klüger als bei einem Gratulationsschreiben oder einer kurzen Benachrichtigung. Und dann noch eins: es fällt mir viel leichter, deutsch oder englisch zu schreiben, als russisch.

Was meine jetzige Lebensweise betrifft, so muß ich vor allen Dingen die Schlaflosigkeit erwähnen, unter der ich in letzter Zeit leide. Wenn mich einer fragen würde: was ist heute das hauptsächlichste und wichtigste Merkmal deiner Existenz? Ich müßte antworten: die Schlaflosigkeit. Wie in früheren Zeiten ziehe ich mich gewohnheitsgemäß Punkt zwölf Uhr aus und lege mich ins Bett. Ich schlafe bald ein, aber um zwei bin ich wieder wach, und zwar mit einem Gefühl, als hätte ich überhaupt nicht geschlafen. Ich muß aufstehen und die Lampe anzünden. Eine Stunde lang, oder zwei, wandere ich aus einer Zimmerecke in die andere und betrachte mir die Bilder und Photographien, die ich längst auswendig kenne. Habe ich genug vom Gehen, dann setze ich mich an meinen Tisch. Ich sitze, ohne mich zu rühren, denke an nichts und fühle keinen Wunsch; wenn gerade ein Buch vor mir liegt, ziehe ich es mechanisch zu mir heran und lese ohne jedes Interesse. So habe ich vor kurzem in einer Nacht mechanisch einen ganzen Roman mit dem sonderbaren Titel »Was die Schwalbe sang« durchgelesen. Oder ich zwinge mich, um meine Aufmerksamkeit wach zu halten, und zähle bis tausend, oder stelle mir das Gesicht irgendeines Kollegen vor und fange an, mich zu besinnen, in welchem Jahr und unter welchen Umständen er berufen worden ist. Dann liebe ich es auch, auf Geräusche zu horchen. Bald sagt, zwei Zimmer von meinem entfernt, meine Tochter Lisa etwas im Schlaf, dann geht meine Frau mit einem Licht durch das Wohnzimmer und läßt ganz sicher die Streichholzschachtel fallen, dann kracht es im Schrank von der Ofenwärme, oder die Flamme der Lampe fängt auf einmal zu singen an – und all diese Laute regen mich auf, ich weiß nicht warum.

Nachts nicht schlafen, heißt: sich jede Minute eingestehen, daß man nicht normal ist, und darum warte ich mit Ungeduld auf den Morgen und den Tag, wo ich ein Recht habe, nicht zu schlafen. Eine lange, qualvolle Zeit geht hin, bevor der Hahn unten auf dem Hofe kräht. Das ist mein erster froher Bote. Sobald er kräht, weiß ich doch, daß in einer Stunde da unten der Portier erwacht und unter wütendem Gehuste, wozu, weiß ich nicht, die Treppe heraufsteigt. Und dann wird die Luft hinter den Fensterscheiben langsam bleicher und bleicher, auf der Straße werden Stimmen laut …

Mein Tag fängt damit an, daß meine Frau hereinkommt. Sie ist in der Nachtjacke, noch nicht frisiert, aber schon gewaschen, und riecht nach Blumen-Eau-de-Cologne. Sie macht ein Gesicht, als käme sie ganz zufällig, und sagt jeden Tag dasselbe:

»Pardon, ich wollte nur einen Augenblick ... Hast du wieder nicht geschlafen?«

Dann bläst sie die Lampe aus, setzt sich an den Tisch und fängt zu sprechen an. Ich bin kein Prophet, aber ich weiß im voraus, wovon die Rede sein wird. Gewöhnlich fällt ihr nach einigen sehr besorgten Anfragen wegen meines Gesundheitszustandes auf einmal unser Sohn ein, der in Warschau Offizier ist. Kurz nach dem zwanzigsten schicken wir ihm jeden Monat fünfzig Rubel – und das ist im wesentlichen auch das Thema unserer Unterhaltung.

»Natürlich, leicht fällt's uns nicht«, seufzt meine Frau, »aber bevor er sich endgültig auf seine eigenen Füße gestellt hat, ist es wohl doch unsere Pflicht, ihm zu helfen. Der Junge ist in der Fremde, seine Gage ist klein ... Übrigens, wenn du meinst, können wir ihm nächsten Monat statt fünfzig bloß vierzig schicken. Wie denkst du darüber?«

Die tägliche Erfahrung hätte meine Frau zu der Überzeugung bringen können, daß unsere Ausgaben nicht kleiner werden, wenn wir recht oft von ihnen sprechen, aber meine Frau gibt nichts auf die Erfahrung und erzählt jeden geschlagenen Morgen von unserem Offizier, und daß das Brot, Gott sei Dank, billiger geworden wäre, aber der Zucker dafür um zwei Kopeken aufgeschlagen wäre – und das alles in einem Ton, als wenn sie mir eine große Neuigkeit mitteilte.

Ich höre zu, sage: ja, ja, und mich überkommen, wahrscheinlich, weil ich die Nacht nicht geschlafen habe, sonderbare, überflüssige Gedanken. Ich sehe meine Frau an und wundere mich wie ein kleines Kind. Zweifelnd frage ich mich: ist diese alte, sehr dicke, plumpe Frau mit dem stumpfen Ausdruck der kleinlichsten Sorge und Angst um das Stückchen Brot, mit dem Blick, der von den ewigen Gedanken an Schulden und Not umflort ist, ist diese Frau, die nur von den vielen Ausgaben sprechen und nur bei Preisrückgängen lächeln kann – war das wirklich einmal meine schlanke Warja, die ich so leidenschaftlich liebte, weil ihr Verstand so gut und klar, ihre Seele so rein war, weil sie so schön war und soviel Verständnis für meine Wissenschaft hatte, wie Desdemona für Othellos

Ruhm? Ist diese Frau da wirklich meine Warja, die mir vor Jahren meinen Sohn gebar?

Ich bohre meine Blicke angestrengt in das Gesicht der aufgedunsenen schwerfälligen alten Frau, ich suche meine Warja in ihr, aber von ehemals ist nur die Besorgtheit um mein Befinden geblieben, ja, und noch die Manier, meine Gage »unsere« Gage zu nennen, meine Mütze – »unsere« Mütze. Mir tut es weh, wenn ich sie ansehe, und um sie wenigstens ein wenig zu trösten, lasse ich sie reden, was sie mag. Ich schweige sogar, wenn sie ungerechte Urteile über Menschen fällt oder mir den Kopf wäscht, weil ich keine Praxis ausübe und keine Lehrbücher schreibe.

Das Ende unserer Unterredung ist auch immer das gleiche. Meiner Frau fällt es auf einmal ein, daß ich noch keinen Tee getrunken habe, und sie erschrickt sehr.

»Aber ich sitze hier!« sagte sie und steht auf, »und der Samowar steht längst auf dem Tisch! Und ich schwatze hier! Was das nur mit meinem Gedächtnis ist, lieber Gott!« Sie geht eilend und bleibt an der Tür stehen, um zu sagen: »Jegor hat seit fünf Monaten keinen Lohn bekommen. Weißt du das? Man sollte der Dienerschaft den Lohn immer regelmäßig zahlen, wie oft hab' ich das schon gesagt! Jeden Monat zehn Rubel herzugeben ist viel leichter, als dann auf einmal fünfzig Rubel für fünf Monate!«

Und wenn sie die Tür geöffnet hat, macht sie noch einmal halt und sagt:

»Um keinen tut's mir mehr leid, als um unsere arme Lisa. Das Mädel studiert auf dem Konservatorium, sie bewegt sich immer in der besten Gesellschaft, aber angezogen ist sie, weiß der liebe Gott, wie. Ein Wintermantel, daß man sich schämen muß, damit auf die Straße zu gehen. Wäre sie noch irgendeine Ixbeliebige, dann wär' es kein Unglück, aber jeder Mensch weiß doch, daß sie die Tochter des berühmten Professors und Geheimrats ist!«

Und wenn sie mir so meinen Namen und meinen Titel vorgeworfen hat, geht sie endlich. So fängt mein Tag an. Und was weiter kommt, ist auch nicht viel schöner.

Wenn ich Tee trinke, erscheint meine Tochter Lisa, in Mantel und Hut und mit der Notenmappe, schon ganz auf dem Sprung, ins Konservatorium zu gehen. Sie ist zweiundzwanzig, sieht aber jünger aus, ist recht hübsch und hat eine gewisse Ähnlichkeit mit meiner Frau in ihren jungen Jahren. Sie küßt mich zärtlich auf die Schläfe und die Hand und sagt: »Morgen, Papachen, geht's dir gut?«

In ihrer Kindheit schwärmte sie für Gefrorenes, und ich mußte oft mit ihr in die Konditorei gehen. Das Gefrorene war für sie der Maßstab alles Schönen. Wenn sie mir etwas Angenehmes sagen wollte, sagte sie: »Papa, du bist Vanille.« Einen von ihren Fingern nannte sie »Pistazien«, den zweiten »Vanille«, den dritten »Himbeer« und so weiter. Wenn sie mich morgens begrüßen kam, pflegte ich sie auf mein Knie zu heben und ihre Fingerchen der Reihe nach abzuküssen und dazu zu sagen:

»Vanille ... Pistazien ... Zitronen ...«

Und jetzt, nach alter Gewohnheit küsse ich Lisas Finger und brummele »Pistazien ... Vanille ... Zitronen ...«, aber es kommt ganz anders heraus. Ich bin kalt dabei, wie das Gefrorene, und ich geniere mich. Wenn meine Tochter hereinkommt, und ihre Lippen meine Schläfe berühren, erzittere ich, als ob mich eine Biene in die Schläfe stechen wollte, lächle gezwungen und wende mein Gesicht ab. Seitdem ich an der Schlaflosigkeit leide, ist in meinem Hirn die Frage festgenagelt: meine Tochter sieht so oft, wie ich, der alte Mann, der berühmte Mann, qualvoll erröten muß, weil ich meinem Diener Geld schulde; sie sieht, wie oft mich die Sorge um lumpige Schulden zwingt, meine Arbeit liegen zu lassen und stundenlang aus einer Ecke in die andere zu gehen und darüber nachzugrübeln. Warum ist sie nicht ein einziges Mal heimlich, daß es die Mutter nicht hörte, zu mir gekommen und hat mir ins Ohr geflüstert: »Vater, hier ist meine Uhr, meine Armbänder, meine Ohrringe, meine Kleider ... Versetze alles, du brauchst Geld ...?« Und sie sieht doch, wie wir, ich und ihre Mutter, aus einem falschen Gefühl heraus uns bemühen, unsere Armut vor den Leuten zu verheimlichen, warum kann sie nicht auf dieses kostspielige Vergnügen, auf diesen Musikunterricht, verzichten? Ich würde es ja nicht annehmen, weder ihre Uhr, noch ihre Armbänder, noch ihre Opfer, Gott soll mich bewahren – ich brauche das nicht.

Da fällt mir denn auch mein Sohn ein, der Warschauer Offizier. Er ist ein gescheiter, anständiger, solider Mensch. Aber was kann mir das helfen? Ich denke mir, wenn ich einen alten Vater hätte, und ich wüßte, daß Minuten kämen, wo er sich seiner Armut schämte, ich würde meinen Offiziersposten irgendeinem anderen überlassen und mich als Arbeiter verdingen. Derartige Gedanken über meine Kinder vergiften mich. Was sollen sie? Ein böses Gefühl gegen ganz gewöhnliche Leute hegen, weil sie keine Helden sind, das kann nur ein beschränkter oder bösartiger Mensch. Aber genug davon.

Um dreiviertel zehn muß ich gehen, um meinen lieben jungen Leuten das Kolleg zu halten. Ich ziehe mich an und gehe den Weg, der mir schon seit dreißig Jahren bekannt ist und seine Geschichte für mich hat. Da ist das große, graue Haus mit der Apotheke darin; früher einmal stand da ein kleines Häuschen, und unten war eine Bierstube; in dieser Kneipe habe ich mir meine Dissertation überdacht und meinen ersten Liebesbrief an Warja geschrieben, mit Bleistift auf einem Stück Papier, das oben die gedruckten Worte » *Historia morbi*« trug. Und da, die Kolonialwarenhandlung; darin hat einmal ein kleiner Jude gehandelt, der mir Zigaretten auf Kredit gab, und dann ein dickes altes Weib, das alle Studenten liebte, »weil ja doch jeder von ihnen eine Mutter hat«; jetzt sitzt ein rothaariger Kaufmann im Laden, ein überaus gleichmütiger Herr, und schenkt sich aus einer kupfernen Kanne Tee ein. Und da ist schon das finstere, lange nicht ausgebesserte Tor der Universität; der gelangweilte Hausmeister, die, Besen, die Schneehaufen … Auf einen frischen Jungen, der aus der Provinz kommt und sich einbildet, der Tempel der Wissenschaft wäre wirklich ein Tempel, kann solch ein Tor keinen gesunden Eindruck ausüben. Und überhaupt, das Alter der Universitätsgebäude, die finsteren Gänge, die verräucherten Wände, der Mangel an Licht, der traurige Anblick der Treppen, Kleiderrechen und Bänke, das alles spielt sicherlich eine wichtige Rolle in der Geschichte des russischen Pessimismus und bildet eine Hauptursache zu dieser Prädisposition … Und da ist auch unser Garten. Seit meiner Studentenzeit scheint er sich mir weder zum Besseren noch zum Schlechteren verändert zu haben. Ich liebe ihn nicht. Es wäre viel gescheiter, wenn dort statt der schwindsüchtigen Linden, der gelben Akazie und der spärlichen beschnittenen Fliederbüsche hohe Föhren und tüchtige Eichen wüchsen. Der Student, dessen Geistesrichtung in der Mehrzahl der Fälle durch seine Umgebung bestimmt wird, sollte nur Hoheit und überschüssige Kraft vor Augen haben. Behüte ihn Gott vor mageren Bäumen, zersprungenen Fensterscheiben, grauen Wänden und Türen, die mit zerrissenem Wachstuch bespannt sind.

Wenn ich an meine Treppe komme, springt die Tür auf, und es erscheint mein alter Kollege, Dienstaltersgenosse und Namensvetter, der Hörsaaldiener Nikolai. Er läßt mich eintreten, räuspert sich und sagt:

»Kalt heute, Exzellenz!«

Oder wenn mein Pelz naß ist:

»'n bißchen Regen, Exzellenz!«

Dann läuft er vor mir her und öffnet alle Türen auf meinem Wege. In meinem Kabinett nimmt er mir sorgsam den Pelz ab und findet dabei Zeit, mir irgendeine Hochschulneuigkeit zu erzählen. Dank der intimen Bekanntschaft, die alle Diener und Portiers der Universität verbindet, weiß er alles, was in den vier Fakultäten, im Sekretariat, im Rektorzimmer und in der Bibliothek passiert. Was wüßte er nicht? Und ist es ein böser Tag für uns, hat zum Beispiel der Rektor demissioniert, oder ein Dekan, so höre ich oft, wie er im Gespräch mit den jungen Dienern die Kandidaten für den erledigten Posten aufzählt und ihnen zugleich erklärt, den und den würde der Minister nicht bestätigen, und der wieder würde selbst ablehnen. Und dann versenkt er sich in phantastische Details, erzählt von geheimnisvollen Schriftstücken, die beim Sekretariat eingelaufen seien, von einer diskreten Besprechung, die der Minister mit dem Kurator gehabt haben soll, und so weiter. Und wenn man diese Details abzieht, erweist es sich fast immer, daß er im allgemeinen recht hat. Die Charakteristiken, die er von den Kandidaten entwirft, sind wohl originell, aber gleichfalls treffend. Und wenn einer wissen will, in welchem Jahr irgend jemand seinen Doktor gemacht hat, berufen, emeritiert oder gestorben ist, braucht er nur das ungeheure Gedächtnis dieses alten Soldaten zu Hilfe zu rufen, und er wird ihm nicht nur Jahr, Monat und Tag nennen, sondern auch alle Einzelheiten mitteilen, die dies oder jenes Ereignis begleitet haben. So ein Gedächtnis hat einer nur, wo er liebt.

Er ist der Bewahrer der Hochschultraditionen. Von seinen Vorgängern im Amt hat er als Erbschaft eine Menge Legenden aus dem Universitätsleben überliefert bekommen, und zu diesem Reichtum hat er viel eigenes Gut hinzugefügt, das er in seiner Dienstzeit aufgespeichert hat, und wenn ihr wollt, erzählt er euch viel lange und kurze Geschichten. Er kann von ungewöhnlich klugen Männern berichten, die alles wußten, von erstaunlichen Arbeitskräften, die wochenlang ohne Schlaf auskamen, von vielen Märtyrern und Opfern der Wissenschaft; das Gute triumphiert bei ihm über das Böse, der Schwache besiegt immer den Starken, der Kluge den Dummen, der Bescheidene den Hochmütigen, der Junge den Alten … Es ist nicht nötig, daß man alle diese Legenden und Sagen für bare Münze nimmt, aber wenn man sie durchseiht, bleibt auf dem Filter, was bleiben muß: unsere guten Traditionen und die Namen der wahrhaften Helden, die von der ganzen Welt anerkannt sind.

In unseren gesellschaftlichen Kreisen beschränkt sich die Kenntnis von der Gelehrtenwelt auf Anekdoten über die außergewöhnliche Zerstreutheit der Professoren und auf zwei, drei Bonmots, die bald Gruber, bald mir, bald Labuchin zugeschrieben werden. Für die gebildete Gesellschaft ist das aber wenig genug. Wenn sie die Wissenschaft, die Gelehrten und die Studenten so liebte, wie Nikolai es tut, so hätte sie längst ganze Epopöen, Chroniken, Lebensläufe, wie sie sie jetzt leider nicht hat.

Nachdem er seine Neuigkeit ausgekramt hat, bekommt Nikolais Gesicht einen strengen Ausdruck, und das amtliche Gespräch zwischen uns beginnt. Wenn irgendein Laie zuhören könnte, wie ungezwungen sich Nikolai dabei der Terminologie bedient, er könnte zu der Meinung kommen, er wäre ein Gelehrter und hätte sich nur als alter Militäranwärter maskiert. Hierbei möchte ich ganz im allgemeinen bemerken, daß die Gerüchte über die Gelehrsamkeit der Universitätsdiener sehr übertrieben sind. Es ist ja richtig, Nikolai weiß mehr als hundert lateinische Bezeichnungen, er versteht ein Skelett zusammenzusetzen, er kann hie und da ein Präparat machen und die Studenten durch irgendein langes gelehrtes Zitat zum Lachen bringen, aber, zum Beispiel, die doch nicht sehr verwickelte Theorie des Blutkreislaufes ist ihm heute noch genau so dunkel, wie vor zwanzig Jahren.

An seinem Tisch in meinem Kabinett sitzt, tief über ein Buch oder ein Präparat gebeugt, mein Prosektor Pjotr Ignatjewitsch, ein arbeitsamer, bescheidener, aber unbegabter Mensch von fünfunddreißig Jahren, schon kahlköpfig und mit einem dicken Bauch. Er arbeitet vom frühen Morgen bis in die Nacht hinein, liest eine Menge, behält alles, was er gelesen hat, – und ist in dieser Hinsicht kein Mensch mehr, sondern einfach ein Schatz; in jeder anderen Beziehung aber ist er der reine Karrengaul, oder, mit anderen Worten, ein gelehrter Trottel. Die charakteristischen

Merkmale des Karrengauls, die ihn von einem Talent unterscheiden, sind diese: sein Gesichtskreis ist eng und scharf durch sein Spezialfach begrenzt; außerhalb seines Spezialfaches ist er naiv wie ein kleines Kind.

Ich weiß noch, wie ich eines Morgens in mein Kabinett trat und sagte:

»Denken Sie mal, was für ein Unglück! Skobeljew soll gestorben sein.«

Nikolai bekreuzigte sich, Pjotr Ignatjewitsch aber wandte sich zu mir und fragte:

»Was für ein Skobeljew?«

Ich glaube, die Patti könnte dicht neben ihm zu singen anfangen, oder eine Horde Chinesen dürfte Rußland überfallen, oder ein Erdbeben losbrechen, er würde kein Glied rühren und äußerst ruhig, das eine Auge zugekniffen, in sein Mikroskop schauen. Mit einem Wort, Hekuba ist ihm aber auch gar nichts. Ich würde viel dafür zahlen, wenn ich mal zusehen dürfte, wie dieser Schiffszwieback mit seiner Frau schläft.

Ein weiterer Zug: sein fanatischer Glaube an die Unfehlbarkeit der Wissenschaft, und besonders an alles, was von Deutschen geschrieben ist. Er ist überzeugt von sich, von seinen Präparaten, er kennt den Zweck des Daseins und hat keine Ahnung von den Zweifeln und Enttäuschungen, die talentvolle Menschen vorzeitig grau werden lassen. Er verehrt die Autoritäten sklavisch und hat nicht das geringste Bedürfnis, selbständig zu denken. Es ist schwer, ihm irgend etwas auszureden, mit ihm zu streiten ist unmöglich. Es soll doch mal einer mit einem Menschen streiten, der fest davon überzeugt ist, daß die Medizin die höchste Wissenschaft sei; daß die hervorragendsten Menschen die Ärzte seien und die beste Tradition – die medizinische. Von der schlimmen medizinischen Vergangenheit her ist nur eine Tradition übrig geblieben – die weiße Krawatte, die die Ärzte jetzt tragen; und für den Gelehrten und überhaupt jeden gebildeten Menschen gibt es nur allgemein wissenschaftliche Traditionen, ohne jede Einteilung in medizinische, juridische und so weiter, aber Pjotr Ignatjewitsch fällt es zu schwer, sich hiermit einverstanden zu erklären, und er wäre bereit, sich darüber mit einem bis zum Jüngsten Gericht zu streiten.

Seine Zukunft steht mir klar vor Augen. Er wird in seinem Leben einige hundert Präparate von außergewöhnlicher Exaktheit herstellen, wird sehr viele trockene, durchaus angemessene Referate schreiben, wird etwa zehn Bücher gewissenhaft übersetzen, aber das Pulver wird er nicht erfinden. Zum Pulvererfinden gehört Phantasie, Entdeckergeist, Ahnungsvermögen, aber Pjotr Ignatjewitsch fehlt es an dergleichen gänzlich. Kurz und gut, er ist kein Herr in der Wissenschaft, sondern ein Tagelöhner.

Ich, Pjotr Ignatjewitsch und Nikolai sprechen nur halblaut. Es ist uns ein bißchen unbehaglich zumute. Ein ganz sonderbares Gefühl, wenn hinter der Tür das Auditorium wie ein Meer brandet! In dreißig Jahren habe ich mich an dieses Gefühl nicht gewöhnt und mache es jeden Morgen durch. Ich knöpfe nervös meinen Rock zu, richte ganz überflüssige Fragen an Nikolai, werde ärgerlich … Es sieht beinahe so aus, als hätte ich Angst, aber es ist keine Feigheit, es ist etwas anderes, das ich weder benennen noch beschreiben kann.

Ohne jede Veranlassung sehe ich auf die Uhr und sage:

»Na? Es wird Zeit.«

Und wir gehen in dieser Ordnung: voraus geht Nikolai mit den Präparaten oder den Atlanten, hinter ihm ich, und hinter mir schreitet mit bescheiden gesenktem Kopfe der Karrengaul; oder wenn das nötig ist, wird auf der Bahre eine Leiche vorausgetragen, hinter der Leiche geht Nikolai, und so weiter. Bei meinem Erscheinen erheben sich die Studenten, dann setzen sie sich wieder, und der Lärm des Meeres verstummt plötzlich. Es tritt eine Stille ein.

Ich weiß, worüber ich sprechen werde, weiß aber nicht, wie ich sprechen, womit ich anfangen und schließen werde. Nicht einen fertigen Satz habe ich im Kopfe. Aber ich brauche nur mein Auditorium zu überblicken (die Bänke in meinem Hörsaal sind amphitheatralisch angeordnet) und das stereotype: »Das letzte Mal sind wir stehen geblieben bei …« auszusprechen, und die Gedanken entströmen schon in langer Reihe meinem Geiste, und – die ganze Schar schreibt! Ich spreche unaufhaltsam schnell, feurig, und mir ist, als gäbe es keine Kraft, die imstande wäre, den Strom meiner Rede aufzuhalten. Um gut vorzutragen, das heißt, ohne die Zuhörer zu langweilen und doch zu ihrem Nutzen, braucht man außer dem Talent auch Anpassungsfähigkeit und Erfahrung, man muß eine sichere und klare Vorstellung haben von seinen Kräften, von den Leuten, zu denen man spricht, und von dem Gegenstand des Vortrages. Außerdem muß man seinen Kopf beisammen haben, scharf aufpassen und keine Sekunde sein Gesichtsfeld außer Augen lassen.

Ein guter Dirigent, der die Gedanken des Komponisten wiedergibt, tut zwanzig Dinge auf einmal: er liest die Partitur, schlägt den Takt, folgt dem Sänger, macht bald der Trommel, bald dem Piston ein Zeichen und so weiter. Genau so ist's bei mir, wenn ich vortrage. Vor mir sind anderthalb hundert Gesichter, von denen keins dem anderen gleicht, und dreihundert Augen, die mir alle gerade ins Gesicht sehen. Mein Ziel ist, diese vielköpfige Hydra zu besiegen. Wenn ich in jeder Minute, während ich spreche, eine klare Vorstellung von dem Grad ihrer Aufmerksamkeit und der Stärke ihres Verständnisses habe, dann ist sie in meiner Gewalt. Mein anderer Gegner sitzt in mir selbst. Das ist die unendliche Mannigfaltigkeit der Erscheinungsformen und Gesetze und die Menge der eigenen und fremden Gedanken, die durch sie bedingt werden. Und während jedes Augenblickes muß ich so gewandt sein, aus diesem ungeheuren Material das Wichtigste und Nötigste herauszugreifen und es ebenso schnell, wie meine Rede fließt, in eine Form zu gießen, die dem Verständnis der Hydra zugänglich ist und ihre Aufmerksamkeit fesselt, und dabei muß ich scharf aufpassen, daß ich die Gedanken nicht nach Maßgabe ihrer Anhäufung wiedergebe, sondern in einer bestimmten Ordnung, die unumgänglich ist, damit das Bild, das ich zeichnen will, richtig komponiert erscheint. Außerdem gebe ich mir Mühe, meinen Vortrag literarisch, meine Definitionen kurz und genau, meine Ausdrucksweise schlicht und schön zu gestalten. Jeden Augenblick muß ich mir Zügel anlegen und mich erinnern, daß ich nur eine Stunde und vierzig Minuten zu meiner Verfügung habe. Mit einem Wort, Arbeit gibt's da genug. Zu gleicher Zeit muß man Gelehrter und Pädagog und Redner sein, und es ist eine dumme Sache, wenn der Redner in einem den Pädagogen und den Gelehrten besiegt, oder umgekehrt.

Du liest eine viertel, eine halbe Stunde, und da bemerkst du, daß die Studenten anfangen, die Decke oder Pjotr Ignatjewitschs Gesicht zu studieren; einer sucht sein Taschentuch, ein anderer setzt sich bequemer zurecht, ein dritter lächelt, in seinen eigenen Gedanken … Das bedeutet, die Aufmerksamkeit ist ermüdet. Da muß man seine Maßregeln treffen. Ich benutze die erste Gelegenheit, die sich bietet und mache irgendeinen Witz. Alle die anderthalb hundert Gesichter lächeln breit, für einen Moment wird das Meeresrauschen wieder hörbar … Ich lache auch. Die Aufmerksamkeit ist erfrischt, und ich kann fortfahren.

Kein Sport, keinerlei Zerstreuung und kein Spiel hat mir je so einen Genuß gewährt, wie meine Kollegien. Nur im Kolleg konnte ich mich ganz der Leidenschaft hingeben und begreifen, daß die Begeisterung keine Erfindung der Dichter ist, sondern wirklich existiert. Und ich glaube, Herkules hat nach der pikantesten unter seinen Heldentaten nicht die herrliche, süße Erschlaffung gefühlt, die ich nach jedem Kolleg erlebte.

Das war früher. Jetzt spüre ich in meinen Kollegien nichts als Qual. Es vergeht noch keine halbe Stunde, und schon macht sich eine unbesiegbare Schwäche in meinen Beinen und Schultern bemerkbar, ich setze mich auf den Stuhl, aber sitzend vorzutragen bin ich nicht gewöhnt; nach einer Minute erhebe ich mich wieder und spreche im Stehen weiter, dann setze ich mich nieder … Mein Mund trocknet aus, meine Stimme wird heiser, in meinem Kopf dreht sich alles … Um meinen Zustand vor den Hörern zu verbergen, trinke ich Wasser, huste ich, schneuze ich mich häufig, als belästigte mich ein Schnupfen, ich mache zur Unzeit Witze und breche das Kolleg schließlich früher ab, als es sein müßte. Und dabei schäme ich mich so.

Mein Gewissen und mein Verstand sagen mir: das Beste, was du jetzt tun könntest, wäre, du hieltest den jungen Leuten deine Abschiedsvorlesung, sagtest ihnen ein letztes freundliches Wort, wünschtest ihnen alles Gute und räumtest deinen Platz einem Manne, der jünger und stärker wäre als du. Aber Gott möge mich richten, mein Mut ist nicht groß genug, daß ich nach meinem Gewissen handeln könnte.

Zu meinem Unglück bin ich kein Philosoph oder Theologe. Ich weiß sehr genau, daß ich nicht länger als ein halbes Jahr zu leben habe; es müßten mich also doch jetzt eigentlich mehr als alles andere die Fragen beschäftigen, die von der Grabesfinsternis und den Erscheinungen handeln, die mich in meinem letzten Schlaf besuchen werden. Aber, Gott weiß, warum, meine Seele will von diesen Fragen nichts wissen, obgleich mein Verstand ihre ganze Bedeutung anerkennt. Wie vor zwanzig, dreißig Jahren interessiert mich auch jetzt so dicht vor meinem Tode einzig und allein die Wissenschaft. Wenn ich meinen letzten Seufzer verhauche, werde ich noch immer glauben, daß die Wissenschaft das Wichtigste, Notwendigste und Schönste im menschlichen Leben ist, daß sie alle Zeit die erhabenste Ausstrahlung der Liebe gewesen ist und bleiben muß, daß nur durch sie der Mensch die Natur und sich selbst bezwingen kann. Dieser Glaube mag naiv sein und falsch in seinem tiefsten Grunde, aber ich kann nichts dafür, daß ich so glaube, und nicht anders; und diesen Glauben in mir zu besiegen, vermag ich nicht.

Aber darum handelt es sich nicht. Ich verlange nichts, als daß man sich zu meiner Schwachheit herabläßt und begreift, was das heißt, einen Menschen vom Katheder und von seinen Schülern fortzureißen, den die Schicksale des Knochenmarks mehr interessieren, als das Endziel der Weltschöpfung. Das wäre, als wollte man ihn ergreifen und ins Grab verschließen, ohne zu warten, bis er gestorben ist.

Infolge der Schlaflosigkeit, der Scham und des angestrengten Kampfes gegen die wachsende Schwäche zeigen sich merkwürdige Erscheinungen bei mir. Mitten im Kolleg steigt mir ein Schluchzen in die Kehle, meine Augen fangen zu brennen an, und ich verspüre ein leidenschaftliches, hysterisches Verlangen, meine Hände vorzurecken und in laute Klagen auszubrechen. Ich möchte es mit lauter Stimme hinausschreien, daß ich, der berühmte Mann, vom Schicksal zur Todesstrafe verurteilt bin, daß, nach einem halben Jahr etwa schon, hier im Auditorium ein anderer walten wird. Ich möchte es hinausschreien, daß ich vergiftet bin; neue Gedanken, die ich vorher nicht kannte, haben die letzten Tage meines Lebens vergiftet und senken noch immer giftige Stacheln in mein Mark, wie Moskitos. Und in solchen Augenblicken deucht mich mein Zustand so entsetzlich, daß ich den Wunsch hege, alle meine Hörer sollen entsetzt von ihren Plätzen aufspringen und in panischem Schrecken, mit verzweifeltem Aufschrei nach dem Ausgang stürzen.

Es ist keine Kleinigkeit, solche Minuten zu durchleben.

2.

Nach dem Kolleg sitze ich bei mir zu Hause und arbeite. Ich lese Zeitschriften, oder Dissertationen, oder bereite mich fürs nächste Kolleg vor, manchmal schreibe ich auch etwas. Ich kann nur mit Unterbrechungen arbeiten, denn ich muß auch Besuche empfangen.

»Ich komme nur für einen Augenblick, einen Augenblick! Bleiben Sie doch sitzen, Herr Kollege! Nur auf ein Wort!«

Als erstes bemühen wir uns beide, zu beweisen, daß wir sehr liebens-würdig sind und uns sehr freuen, einander zu sehen. Ich nötige ihn in den Lehnstuhl, er wieder mich; hierbei streicheln wir uns gegenseitig mit den Händen die Hüften, betasteten unsere Rockknöpfe und tun so, als befühlten wir uns vorsichtig und hätten Angst, uns dabei die Finger zu verbrennen. Wir lachen beide, obgleich keiner etwas Komisches gesagt hat. Wenn wir dann sitzen, stecken wir die Köpfe zusammen und fangen ein halblautes Gespräch an. Wie herzlich wir uns auch stehen mögen, wir können nicht anders, wir müssen unsere Redeweise mit allerhand Chinesereien vergolden, zum Beispiel: »wie Sie so treffend zu bemerken die Güte hatten«, oder: »wie ich mich Ihnen schon mitzuteilen beehrte«, und wir können nicht anders, wir müssen lachen, sobald einer von uns eine witzige Bemerkung macht, wenn sie auch entgleist. Nachdem wir die amtlichen Angelegenheiten besprochen haben, steht der Kollege plötzlich auf, wedelt mit seinem Hut nach der Stelle hin, wo meine Ar-beit liegt, und beginnt sich zu empfehlen. Wieder befühlen wir einander und lachen. Ich begleite ihn ins Vorzimmer; dort helfe ich dem Kollegen in den Pelz, und er wehrt diese hohe Ehre dankend ab. Und dann, wenn Jegor die Tür öffnet, schwört mir der Kollege, daß ich mich erkälten würde, und ich tue so, als wäre ich im Begriff, ihn ganz bis auf die Straße zu begleiten. Und wenn ich endlich wieder in mein Arbeitszimmer trete, lächelt mein Gesicht immer noch weiter, nach dem Gesetz der Trägheit vermutlich.

Bald darauf klingelt es wieder. Ich höre jemand ins Vorzimmer treten, langsam ablegen und lange husten. Jegor meldet mir, es wäre ein Student da. Ich lasse bitten. Eine Minute darauf tritt ein junger Mann von ange-nehmem Äußern ein. Schon seit einem Jahre stehe ich in einem gespann-ten Verhältnis mit ihm: er gibt mir im Examen die allerdümmsten Antworten, und ich gebe ihm Vierer. Solche Burschen, die ich, wie die Studenten sagen, durchrasseln lasse, habe ich in jedem Jahr ungefähr sieben. Die unter ihnen, die ihr Examen aus Unbegabtheit oder infolge einer Krankheit nicht bestehen, tragen ihr Kreuz gewöhnlich in Geduld und feilschen nicht mit mir; feilschen und mir das Haus einlaufen tun nur die Sanguiniker, die breiten Naturen, denen ein Durchfall im Examen den Appetit verdirbt und den regelmäßigen Besuch der Oper verleidet.

Gegenüber der ersten Kategorie drücke ich ein Auge zu, die von der zweiten lasse ich immer wieder kommen, oft ein ganzes Jahr lang!

»Nehmen Sie Platz«, sage ich zu meinem Besucher, »womit kann ich dienen?«

»Entschuldigen Sie, Herr Professor, wenn ich störe ...« fängt er an; er stottert und vermeidet es, mir in die Augen zu sehen, »ich hätte nie gewagt, Sie zu stören, wenn ich nicht ... Sie haben mich schon fünfmal examiniert, und ich ... ich bin durchgefallen. Ich bitte Sie inständig, lassen Sie Gnade vor Recht ergehen, geben Sie mir ›genügend‹, denn ...«

Das Argument, das alle Faulenzer für sich anführen, ist immer das gleiche: sie haben in allen Fächern glänzend bestanden und sind nur in meinem durchgefallen, und das ist um so erstaunlicher, weil sie sich gerade mit meinem Fach ganz besonders eifrig beschäftigt haben und vorzüglich darin beschlagen sind, und durchgefallen sind sie nur infolge eines ganz unbegreiflichen Mißverständnisses.

»Entschuldigen Sie, lieber Freund«, sage ich zu meinem Besucher, »›genügend‹ kann ich Ihnen nicht geben. Studieren Sie Ihre Kolleghefte noch einmal durch, und kommen Sie wieder, dann werden wir ja sehen.«

Pause. Mich wandelt die Lust an, den Studenten ein bißchen auf die Folter zu spannen, weil er das Bier und die Oper mehr liebt, als die Wissenschaft, und ich sage mit einem Seufzer:

»Ich glaube, das Allerbeste, was Sie jetzt tun können, ist, – Sie lassen die medizinische Fakultät überhaupt medizinische Fakultät sein. Wenn Sie, mit Ihren Fähigkeiten, es auf keine Weise fertig bringen, Ihr Examen zu machen, ist es doch ganz klar, daß Sie weder Lust haben noch dazu berufen sind, Arzt zu werden.«

Das Gesicht des Sanguinikers wird sehr lang.

»Verzeihen Sie, Herr Professor«, lacht er verlegen, »das wäre aber doch zum wenigsten eine höchst sonderbare Handlungsweise. Fünf Jahre studieren, und dann auf einmal alles hinwerfen!«

»Warum denn nicht? Lieber fünf Jahre verlieren, als das ganze Leben an einen Beruf gekettet sein, an dem man nicht hängt.«

Aber im selben Augenblick tut er mir auch schon leid, und ich beeile mich, hinzuzufügen:

»Übrigens, ganz wie Sie meinen. Also, studieren Sie noch ein bißchen, und dann kommen Sie wieder.«

»Wann?« fragt der Bummelant mit dumpfer Stimme.

»Wann Sie Lust haben. Meinetwegen schon morgen.«

Und in seinen ehrlichen Augen lese ich die Antwort: »Kommen kann ich schon, aber du Rindvieh läßt mich ja doch wieder durchrasseln!«

»Natürlich«, sage ich, » *gelehrter* werden Sie nicht davon, wenn Sie sich auch noch fünfzehnmal von mir examinieren lassen, aber es erzieht Ihren Charakter. Und das ist immerhin auch schon etwas.«

Es tritt ein Schweigen ein. Ich stehe auf und warte darauf, daß der Besucher sich empfehlen möchte, er aber steht da, sieht nach dem Fenster, zwirbelt sein Bärtchen und überlegt. Die Sache wird langweilig.

Der Sanguiniker hat eine angenehme, frische Stimme, seine Augen sind klug und lustig, sein Gesicht ist offen und gutmütig, aber ein wenig verwaschen von dem häufigen Biergenuß und dem vielen Rekeln auf dem Kanapee; sicher könnte er mir viele interessante Histörchen erzählen, von der Oper, von seinen Liebesabenteuern, von den Kollegen, die er gern hat, aber leider, leider, paßt es nicht, über solche Dinge zu reden. Ich würde ihm mit Vergnügen zuhören.

»Herr Professor! Ich gebe Ihnen mein Ehrenwort, wenn Sie mir ›genügend‹ geben, werde ich …«

Sobald die Sache bis zum Ehrenwort gediehen ist, winke ich mit beiden Händen ab und setze mich an meinen Schreibtisch. Der Student überlegt noch eine Minute lang und sagt niedergeschlagen:

»Dann also empfehle ich mich … Entschuldigen Sie die Störung.«

»Adieu, lieber Freund. Ich wünsche Ihnen alles Gute.«

Er geht zögernd ins Vorzimmer hinaus, zieht langsam seinen Mantel und seine Galoschen an und überlegt wahrscheinlich, während er geht, wieder lange Zeit; aber es kommt dabei weiter nichts heraus, als die zwei Worte »alter Satan«, die an meine Adresse gerichtet sind. Und so geht er in sein schlechtes Restaurant, trinkt Bier und ißt zu Mittag und legt sich dann daheim schlafen. Friede deiner Asche, du frommer und getreuer Knecht!

Zum drittenmal klingelt es. Ein junger Arzt tritt ein in einem neuen schwarzen Anzug, mit goldener Brille und, selbstverständlich, einer weißen Krawatte. Er hat eine Empfehlung an mich. Ich bitte ihn, Platz zu nehmen und frage, womit ich dienen kann. Nicht ohne innere Erregung beginnt der junge Priester der Wissenschaft mir zu erzählen, er hätte dieses Jahr sein Staatsexamen gemacht und brauchte jetzt nur noch seine Dissertation zu schreiben. Er möchte gern bei mir arbeiten, unter meiner Leitung, und ich würde ihn sehr verbinden, wenn ich ihm ein Thema für seine Dissertation gäbe.

»Es ist mir ein Vergnügen, Ihnen dienlich sein zu können, Herr Kollege«, sage ich, »aber wollen wir uns zuerst doch darüber klar werden, was eine Dissertation eigentlich ist. Es ist wohl herkömmlich, darunter eine Schrift zu verstehen, die ein Produkt selbständigen Schaffens ist. Oder nicht? Eine Schrift dagegen, die über ein fremdes Thema und unter fremder Anleitung geschrieben ist, nennt man doch anders ...«

Der Doktorand schweigt. Ich werde hitzig und springe auf.

»Warum kommen Sie alle zu mir, möchte ich wissen?« schreie ich wütend: »Habe ich vielleicht einen Laden, was? Ich handle nicht mit Themen! Zum tausendundersten Male ersuche ich Sie alle, mich in Ruhe zu lassen! Verzeihen Sie, wenn ich unhöflich bin, aber zu guter Letzt ist mir das doch langweilig geworden!«

Der Doktorand schweigt, und nur die Gegend seiner Backenknochen färbt sich etwas dunkler. Sein Gesicht drückt den tiefsten Respekt vor meinem berühmten Namen und meiner Gelehrsamkeit aus, aber an seinen Augen sehe ich, daß er innerlich über mein Organ, meine traurige Gestalt und meine nervösen Gesten die Achseln zuckt. Ich erscheine ihm als ein Sonderling in meinem Zorn.

»Ich habe keinen Laden!« sage ich erbittert. – »Und es ist doch wahrhaftig merkwürdig! Warum wollen Sie alle denn nicht selbständig sein? Warum ist Ihnen Ihre Freiheit so eklig?«

Ich rede ohne Ende, und er schweigt die ganze Zeit. Und zu guter Letzt beruhige ich mich allmählich und gebe, selbstverständlich, nach. Der Doktorand bekommt von mir ein Thema, schreibt unter meiner Aufsicht eine Dissertation, die kein Mensch nötig hat, verteidigt sie mit Auszeichnung in einer langweiligen Disputation und bekommt einen akademischen Titel, den er nicht nötig hat.

Es kann ein Mal nach dem andern klingeln, ohne Ende, aber ich beschränke mich hier auf vier Fälle. Es klingelt zum viertenmal, und ich höre einen bekannten Schritt, das Rauschen eines Kleides, eine liebe Stimme …

Vor achtzehn Jahren starb mir ein Kollege, er war Ophthalmologe, und hinterließ eine siebenjährige Tochter, Katja, und sechzigtausend Rubel. In seinem Testament war ich als Vormund eingesetzt. Bis zu ihrem zehnten Jahre lebte Katja in meiner Familie, dann kam sie in ein Institut und brachte nur ihre Ferien, die Sommermonate, bei uns zu. Ich hatte keine Zeit, mich mit ihrer Erziehung zu beschäftigen, ich habe sie nur zeitweise beobachtet, und deshalb kann ich von ihrer Kindheit nur sehr wenig sagen.

Das erste, woran ich mich erinnere und was ich in der Erinnerung liebe, ist das außergewöhnliche Zutrauen, mit dem sie in mein Haus kam, mit dem sie sich von den Ärzten behandeln ließ und das immer auf ihrem Gesichtchen leuchtete. So saß sie damals, weiß ich noch, mit einer verbundenen Backe irgendwo in einer Ecke und sah sich sicher immer etwas aufmerksam an: entweder sie sah zu, wie ich schrieb und dabei die Blätter wendete, oder wie meine Frau wirtschaftete, oder wie die Köchin in der Küche Kartoffeln schälte, oder wie der Hund spielte, und dabei drückten ihre Augen immer nur eins aus, nämlich die Überzeugung: »Alles, was auf Erden getan wird, ist schön und gescheit.« Sie war neugierig und liebte es sehr, sich mit mir zu unterhalten. So saß sie denn wohl an meinem Tisch, mir gegenüber, folgte allen meinen Bewegungen und stellte Fragen. Sie interessierte sich dafür, was ich las, was ich auf der Universität trieb, ob ich mich nicht vor den Leichen fürchtete, was ich mit meinem Gehalt täte …

»Prügeln sich die Studenten denn auch auf der Universität?« fragte sie dann wohl.

»Natürlich, Kleine.«

»Und stellen Sie sie dann in die Ecke?«

»Selbstverständlich.«

Und ihr kam es spaßhaft vor, daß die Studenten sich prügelten und daß ich sie in die Ecke stellte, und sie lachte. Sie war ein sanftes, geduldiges und gutes Kind. Mehr als einmal mußte ich zusehen, wie ihr etwas weggenommen wurde, wie sie ungerecht bestraft oder ihre Neugier nicht befriedigt wurde; in solchen Augenblicken kam zu dem ständigen Ausdruck der Zutraulichkeit auf ihrem Gesicht noch der der Trauer – und weiter nichts. Ich verstand es nicht, für sie einzutreten. Wenn ich ihre Trauer sah, fühlte ich nur das Verlangen, sie an mich zu ziehen und sie im Ton einer alten Kinderfrau zu bedauern: »Du mein Waisenkind, du mein armes!«

Ich weiß auch noch, daß sie sich schön anzuziehen und zu parfümieren liebte. In dieser Beziehung glich sie mir. Ich liebe auch Kleider und feine Parfüme.

Es tut mir leid, daß ich keine Zeit und Lust gehabt habe, die Anfänge und die Entwicklung der Leidenschaft zu beobachten, die Katja schon vollkommen beherrschte, als sie vierzehn, fünfzehn Jahre war. Ich spreche von ihrer leidenschaftlichen Liebe zum Theater. Wenn sie in den Ferien aus ihrem Institut kam und bei uns wohnte, redete sie von nichts anderem mit der Freude und dem Feuer, wie von Theaterstücken und Schauspielern. Sie langweilte uns mit ihren ewigen Gesprächen über das Theater. Meine Frau und meine Kinder hörten gar nicht mehr zu. Ich allein hatte nicht den Mut, ihr meine Aufmerksamkeit zu versagen. Wenn sie das Bedürfnis fühlte, ihre Begeisterung mit jemand zu teilen, kam sie in mein Arbeitszimmer und sagte in flehendem Ton:

»Nikolai Stepanytsch, erlauben Sie mir doch, mit Ihnen vom Theater zu sprechen!«

Ich zeigte auf die Uhr und sagte:

»Eine halbe Stunde ist dir geschenkt. Also los!«

Später fing sie an, Photographien von Schauspielern und Schauspielerinnen zu ganzen Dutzenden mitzubringen; sie betete sie geradezu an; dann spielte sie ein paarmal in Liebhabervorstellungen mit, und zu guter Letzt, als sie die Schule durchgemacht hatte, teilte sie mir mit, daß sie zur Schauspielerin geboren sei.

Ich habe Katjas Hingerissenheit vom Theater nie geteilt. Ich glaube, wenn ein Stück gut ist, braucht man die Schauspieler nicht zu bemühen, damit es den nötigen Eindruck macht; man kann sich auf die bloße Lektüre beschränken. Ist ein Stück aber schlecht, so kann keine Darstellung etwas Gutes daraus machen.

In meiner Jugend bin ich oft im Theater gewesen, und gegenwärtig nimmt meine Familie etwa zweimal im Jahr eine Loge und schleppt mich hin, um mich »mal bißchen auszulüften«. Natürlich, das ist wohl nicht genug, um einem das Recht zu geben, ein Urteil über das Theater zu fällen, aber ich will doch ein paar Worte darüber sagen. Nach meiner Ansicht ist das Theater nicht besser geworden, als es vor dreißig, vierzig Jahren war. Wie damals kann ich weder in den Logengängen noch im Foyer ein Glas frisches Wasser finden. Wie damals muß ich dem Logendiener für meinen Pelz zwanzig Kopeken Strafe zahlen, obgleich das Tragen so eines warmen Kleidungsstückes im Winter doch sicher kein strafbares Reat darstellt. Wie damals spielt in den Zwischenakten die Musik und fügt zu dem Eindruck, den man von dem Stück empfängt, noch einen neuen, unerwünschten hinzu. Wie damals gehen die Männer in den Pausen ans Büfett und trinken Spirituosen. Und wie in den Nebensachen kein Fortschritt zu sehen ist, so suche ich ihn auch in der Hauptsache vergeblich. Der Schauspieler ist noch immer vom Kopf bis zu den Füßen in Traditionen eingewickelt. Er gibt sich die erdenklichste Mühe, einen ganz schlichten und gewöhnlichen Monolog, wie »Sein oder Nichtsein« nicht einfach, sondern, kein Mensch weiß, warum, zischend und kreischend und am ganzen Körper zitternd zu sprechen. Und man verlangt von mir, daß ich einen Kerl, der ohne Ende mit den größten Trotteln schwätzt und sich für sie interessiert, wie Tschatzkij in Gribojedows Komödie »Verstand bringt Leiden«, daß ich so einen Kerl für einen klugen Menschen halten und diese ganze Komödie selbst nicht langweilig finden soll. Wenn ich das sehe, dann weht mich von der Bühne der Geist jener Routine an, die mich schon vor vierzig Jahren gelangweilt hat, als man hier mit klassizistischem Geheul und Sich-vor-die-Brust-schlagen regaliert wurde. Und jedesmal verlasse ich das Theater konservativer, als ich hineingegangen war.

Der sentimentalen und vertrauensseligen Menge kann man einreden, daß das Theater in seiner heutigen Gestalt eine Schule wäre. Aber an dieser Angel fängt sich keiner, der die Schule in ihrem wahren Sinne kennt. Ich weiß nicht, wie es in fünfzig oder hundert Jahren sein wird, aber unter den heutigen Bedingungen kann das Theater nur zur Zerstreuung dienen. Aber diese Zerstreuung ist zu teuer, als daß man sie weiter kultivieren sollte. Sie raubt dem Staate Tausende von jungen, gesunden, talentvollen Männern und Frauen, die, wenn sie nicht beim Theater wären, gute Ärzte, Ackerbauer, Lehrerinnen, Offiziere sein könnten; sie stiehlt dem Publikum die Abendstunden, die beste Zeit für geistige Arbeit und freundschaftlichen Gedankenaustausch. Von dem

Geld, das das kostet, und von den moralischen Schädigungen, die die falsche Auffassung von Mord, Buhlerei und Verleumdung auf der Bühne im Gefolge hat, will ich gar nicht reden.

Katja war ganz anderer Ansicht. Sie versicherte mir, daß das Theater sogar in seiner heutigen Gestalt, höher stände als die Hörsäle, die Bücher, als alles in der Welt. »Das Theater ist eine Macht, die alle Künste in sich zusammenfaßt, und die Schauspieler sind Missionare. Keine Kunst und keine Wissenschaft kann für sich allein so stark und so sicher auf die menschliche Seele wirken, wie die Schauspielkunst, und mit gutem Grund erfreut sich daher ein Schauspieler von mittlerem Rang einer viel größeren Popularität im Staate, als der hervorragendste Gelehrte oder Künstler. Und keine öffentliche Wirksamkeit kann soviel Genuß und soviel innere Befriedigung gewähren, wie die szenische.«

Und eines schönen Tages schloß sich Katja einer reisenden Truppe an und fuhr, glaube ich, zuerst nach Ufa. Sie nahm viel Geld, eine Menge freudiger Hoffnungen und eine aristokratische Auffassung von ihrem Beruf mit.

Die ersten Briefe, die sie mir von der Reise schickte, waren wundervoll. Ich las sie und war erstaunt, wie diese kleinen Papierblättchen soviel Jugend, Seelenreinheit und heilige Naivität in sich fassen konnten, und zugleich so seine sachliche Urteile, die einem guten Männerverstand Ehre gemacht hätten. Die Wolga, die Natur, die Städte, die sie besuchte, die Kollegen, ihre Erfolge und Mißerfolge, sie beschrieb sie nicht, sondern besang sie; jede Zeile atmete das Zutrauen, das ich auf ihrem Gesicht zu lesen gewohnt war. Und zu alledem kam eine Masse von orthographischen Fehlern, und die Interpunktionszeichen fehlten fast gänzlich.

Es verging kein halbes Jahr, da bekam ich einen äußerst poetischen und entzückten Brief, der mit den Worten begann: »Ich liebe …« In diesem Brief lag die Photographie eines jungen Mannes mit rasiertem Gesicht und breitkrempigem Schlapphut, der sich einen Plaid kühn über die Schulter geworfen hatte. Die Briefe, die nun folgten, waren überschwenglich, wie die früheren, aber es erschienen schon Interpunktionszeichen, die orthographischen Fehler verschwanden, und alles in ihnen roch gewissermaßen nach »Mann«. Katja begann mir klarzumachen, wie vorteilhaft es sein müßte, irgendwo an der Wolga ein großes Theater zu errichten, und zwar unbedingt auf Aktien, und zu diesem Unterneh-

men die reiche Kaufmannschaft und die Dampfergesellschaften heran-
zuziehen. Geld dafür gäbe es genug, die Einnahmen würden kolossal,
die Schauspieler sollten zu gleichen Teilen am Gewinn partizipieren …
Es kann ja sein, daß das alles ganz schön und gut ist, aber mir scheint
es doch, als ob solche Pläne nur einem männlichen Gehirn entspringen
könnten.

Sei dem, wie ihm sei, knapp zwei Jahre lang ging scheinbar alles gut:
Katja war verliebt, glaubte an ihren Beruf und war glücklich, dann aber
begann ich in ihren Briefen deutliche Zeichen der wachsenden Ernüch-
terung zu finden. Es fing damit an, daß Katja sich bei mir über ihre
Kollegen beklagte – das ist das erste und bösartigste Symptom; wenn
ein junger Gelehrter oder Schriftsteller seine Tätigkeit damit beginnt,
daß er über die Gelehrten und Schriftsteller bittere Klage führt, so bedeutet das: er ist schon müde und untauglich für seinen Beruf. Katja
schrieb mir, ihre Kollegen kamen nicht auf die Proben und wüßten ihre
Rollen nie; schon daraus, was für alberne Stücke einstudiert würden,
und wie sich die »Künstler« auf der Bühne gäben, könnte man sehen,
wie wenig Respekt sie alle vor der Öffentlichkeit hätten; sie sprächen
nur von der Einnahme, und um ihretwillen erniedrigten sich dramatische
Sängerinnen dazu, Chansons, und tragische Schauspieler, Couplets zu
singen, in denen Scherze über gehörnte Ehemänner und die Schwangerschaft ungetreuer Frauen gemacht würden, und so weiter. Im allgemeinen
könnte man sich nur wundern, daß das Theaterleben in der Provinz
noch nicht ganz zugrunde gegangen sei und daß sein dünner und fauler
Lebensfaden noch nicht gerissen wäre.

Ich antwortete Katja in einem langen, und, aufrichtig gestanden, sehr
langweiligen Brief. Unter anderem schrieb ich ihr: »Ich habe mehr als
einmal Gelegenheit gehabt, mich mit alten Schauspielern zu unterhalten,
hervorragend anständigen Menschen, die mir ihre Neigung geschenkt
hatten; aus den Gesprächen mit ihnen habe ich die Überzeugung gewonnen, daß nicht so sehr ihre eigene Anschauung und ihr freier Wille ihre
Tätigkeit bestimmten, als vielmehr die Mode und die Geschmacksrich-
tung des Publikums; die besten unter ihnen mußten während ihrer
Laufbahn überall mitspielen, in Tragödien, in Operetten, in französischen
Possen und in Weihnachtsmärchen, und doch hatten sie bei allem in
gleicher Weise das Gefühl, daß sie ihren geraden Weg gingen und eine

nützliche Arbeit taten. Daraus kannst du also ersehen, daß die Wurzel des Übels nicht in den Schauspielern, sondern tiefer zu suchen ist, in der Kunst selbst und in der Stellung des breiten Publikums zu ihr.« Dieser Brief von mir erbitterte Katja aber nur. Sie antwortete mir: »Wir beide singen Arien aus zwei ganz verschiedenen Opern. Ich habe Ihnen kein Wort von den hervorragend anständigen Menschen geschrieben, die Ihnen ihre Neigung *geschenkt* hatten, sondern von einer Bande abgefeimter Halunken, die mit Anständigkeit nichts gemein haben. Es ist eine Herde von halbwilden Menschen, die nur dadurch auf die Bühne geraten sind, daß sie wo anders keiner nehmen wollte, und die sich deshalb Künstler nennen, weil sie Lumpen sind. Nicht ein *einziges* Talent, aber eine Menge Nichtskönner, Säufer, Intriganten, Verleumder. Ich kann Ihnen nicht sagen, wie bitter ich es empfinde, daß die Kunst, die ich so liebe, in die Hände von Leuten gefallen ist, die mir verhaßt sind; und einen bitteren Geschmack macht es mir, daß die besten Menschen, wenn sie das Böse von weitem sehen, nicht näher herantreten wollen und, statt sich ins Mittel zu legen, in gewichtigem Stil Gemeinplätze hinschreiben und Moralpredigten halten, die keinem etwas nützen können ...« und so weiter, immer im gleichen Ton.

Und als noch eine kurze Zeit vergangen war, bekam ich diesen Brief: »Ich bin unmenschlich betrogen. Ich kann nicht länger leben. Machen Sie mit meinem Geld, was Ihnen gut scheint. Ich habe Sie geliebt, wie man einen Vater und seinen einzigen Freund liebt. Leben Sie wohl.«

Es hatte sich gezeigt, daß auch ihr »Er« zu der »Herde von halbwilden Menschen« gehört hatte. Später habe ich aus einigen Andeutungen erraten, daß sie einen Selbstmordversuch gemacht hatte. Ich glaube, sie hat sich vergiften wollen. Offenbar ist sie nachher ernsthaft krank gewesen, denn ihr nächster Brief kam schon aus Jalta, wohin sie wahrscheinlich die Ärzte geschickt hatten. Ihr letzter Brief an mich enthielt die Bitte, ihr so schnell wie möglich tausend Rubel nach Jalta zu schicken, und schloß mit diesen Worten: »Verzeihen Sie, daß dieser Brief so düster ist. Gestern habe ich mein Kind begraben.« Nachdem sie ein Jahr in der Krim gelebt hatte, kehrte sie heim.

Vier Wanderjahre hatte sie hinter sich, und in diesen vier Jahren hatte ich, aufrichtig gestanden, ihr gegenüber eine recht wenig beneidenswerte und sehr sonderbare Rolle gespielt. Als sie mir zuerst mitteilte, sie würde Schauspielerin und mir nachher von ihrer Liebe schrieb, wenn periodisch die Verschwendungssucht über sie kam und ich ihr auf ihren Wunsch bald tausend, bald zweitausend Rubel schicken mußte, als sie mir von ihrer Absicht schrieb, ihrem Leben ein Ende zu machen, und als sie mir nachher vom Tode ihres Kindes berichtete, jedesmal verlor ich den Kopf, und meine ganze Teilnahme an ihrem Schicksal äußerte sich in weiter nichts, als daß ich viel darüber grübelte und ihr lange langweilige Briefe schrieb, die ich eigentlich nicht hätte schreiben dürfen. Und doch nahm ich bei ihr die Stelle des leiblichen Vaters ein und liebte sie wie eine Tochter.

Jetzt wohnt Katja nur etwa eine halbe Werst von meinem Haus entfernt. Sie hat eine Wohnung von fünf Zimmern, die mit dem Geschmack, der ihr eigen ist, ziemlich komfortabel eingerichtet sind. Wenn einer ihre Einrichtung zeichnen wollte, der müßte als Hauptzug in seinem Bilde die Trägheit darstellen. Für den trägen Körper – weiche Couchetten, weiche Taburetts, für die trägen Füße – Teppiche, für den trägen Blick – verschossene, dunkle oder matte Farben; für den trägen Geist – an den Wänden die Menge billiger Fächer und kleiner Bilder, bei denen die Originalität der Ausführung den Gehalt überwiegt. Der Überfluß an Tischchen und Etageren, die mit Sachen ohne jeden Zweck und Wert bekramt sind, die formlosen Lappen an Stelle der Vorhänge … Alles das zeugt, im Verein mit der Furcht vor lebhaften Farben, vor Symmetrie und Geräumigkeit, außer von geistiger Trägheit auch von einer gewissen Entartung des natürlichen Geschmacks. Ganze Tage lang liegt Katja auf der Chaiselongue und liest, hauptsächlich Romane und Novellen. Das Haus verläßt sie nur einmal täglich, am frühen Nachmittag, um mich aufzusuchen.

Ich arbeite, und Katja sitzt ganz in meiner Nähe auf dem Diwan, schweigt und wickelt sich in ihren Schal, als ob es sie fröre. Weil sie mir sympathisch ist, oder auch weil ich ihre häufigen Besuche gewohnt bin, seit sie ein kleines Mädchen war, hindert mich ihre Anwesenheit nicht, mich zu konzentrieren. Hie und da richte ich mechanisch eine Frage an sie, und sie gibt mir eine sehr kurze Antwort; oder ich will mich einmal einen Augenblick ausruhen, ich wende mich um und sehe zu, wie sie, in Gedanken, in einer medizinischen Zeitschrift oder Zeitung blättert. Und dann bemerke ich, daß der ehemalige zutrauliche Ausdruck nicht mehr auf ihrem Gesicht wohnt. Ihr Ausdruck ist kalt, gleichgültig, zerstreut, wie Reisende aussehen, die lange auf ihren Zug warten müssen. Ihre Kleidung ist noch immer geschmackvoll und schlicht, wie ehemals, aber sie ist vernachlässigt; man sieht, ihren Kleidern und ihrer Frisur tun die Couchetten und Schaukelstühle nicht gut, in denen sie den ganzen Tag herumliegt. Auch neugierig ist sie nicht mehr. Sie richtet keine Fragen an mich, es ist, als hätte sie schon alles im Leben erfahren und erwartete nicht mehr, etwas Neues zu hören.

Gegen vier Uhr wird es im Wohn- und Empfangszimmer lebendig. Lisa ist aus dem Konservatorium zurück und hat Freundinnen mitgebracht. Es wird Klavier gespielt, die Stimmen werden probiert, man hört lachen; im Eßzimmer deckt Jegor den Tisch und klappert mit dem Geschirr.

»Adieu«, sagt Katja, »heute geh' ich nicht hinein zu Ihren Leuten. Sie sollen mich entschuldigen. Keine Zeit. Also, Sie kommen?«

Und als wir im Vorzimmer sind, betrachtet sie mich schonungslos von oben bis unten und sagt ärgerlich:

»Sie werden immer dünner! Warum lassen Sie sich nicht behandeln? Ich will doch zu Ssergej Fjodorytsch fahren und ihn mal herschicken. Er soll Sie untersuchen.«

»Ganz überflüssig, Katja.«

»Ich begreife nicht, wo Ihre Familie die Augen hat! Nette Leute, das kann man schon sagen!«

Sie fährt hastig in ihren Pelz, und dabei fallen ihr mit tödlicher Sicherheit jedesmal zwei, drei Nadeln aus dem unordentlich aufgesteckten Haar. Sie ist zu träge und hat keine Zeit, ihre Frisur in Ordnung zu bringen; nachlässig schiebt sie die heruntergefallenen Locken unter die Pelzmütze und geht.

Wenn ich ins Eßzimmer komme, fragt mich meine Frau:

»Katja war eben bei dir? Warum ist sie denn nicht zu uns hereingekommen? Das ist doch geradezu sonderbar ...«

»Mama«, sagt Lisa vorwurfsvoll, »wenn sie nicht mag, so laß sie doch. Wir werden sie doch nicht kniefällig bitten.«

»Ganz einerlei, es ist eine Taktlosigkeit. Da drin kann sie drei Stunden sitzen, aber für uns –! Übrigens, wie sie will!«

Warja und Lisa hassen alle beide Katja. Dieser Haß ist mir unverständlich, und man muß wohl eine Frau sein, um ihn zu verstehen. Ich verbürge mich mit meinem Kopf dafür, daß sich unter den anderthalb hundert jungen Männern, die ich fast täglich in meinem Auditorium sehe, und unter den hundert älteren, mit denen ich im Laufe der Woche zusammenkomme, kaum einer findet, der den Haß und die Verachtung gegen Katja wegen ihrer Vergangenheit, das heißt ihrer außerehelichen Schwangerschaft und ihres illegitimen Kindes, zu begreifen imstande wäre; und andererseits fällt mir nicht eine einzige Frau oder ein junges Mädchen aus meiner Bekanntschaft ein, das diese Gefühle nicht bewußt oder instinktiv hegte. Und das kommt nicht etwa daher, daß die Frau tugendhafter und reiner wäre, als der Mann: denn Tugend und Reinheit unterscheiden sich vom Laster doch nur sehr wenig, wenn sie nicht frei von Bosheit sind. Ich erkläre das einfach mit der Rückständigkeit der Frauen. Das traurige Gefühl des Mitleidens und die Gewissensbisse, die der Mann von heute empfindet, wenn er ein Unglück sieht, sprechen mir viel lauter von Kultur und sittlicher Größe, als Haß und Verachtung. Die Frau von heute ist genau so weinerlich und so roh von Gemüt, wie die Frau des Mittelalters. Und ich meine, sehr vernünftig ist das Verlangen derer, die ihr zu einer männlichen Erziehung raten.

Meine Frau kann Katja außerdem deshalb nicht leiden, weil sie Schauspielerin gewesen ist, weil sie sie undankbar, stolz, exzentrisch findet und ihr alle die zahlreichen Laster zuschreibt, die eine Frau immer an der anderen zu entdecken versteht.

Außer mir und meiner Familie speisen bei uns noch zwei, drei Freundinnen meiner Tochter und Alexander Adolfowitsch Gnecker, ein Verehrer Lisas und Bewerber um ihre Hand, ein blonder junger Herr von höchstens dreißig Jahren. Er ist von mittlerer Größe, ziemlich dick und breitschultrig, trägt rötliche Koteletten vor den Ohren und einen schwarzgefärbten Schnurrbart, der seinem vollen, glatten Gesicht etwas von einer Puppe gibt. Bekleidet ist er mit einem sehr kurzen Jackett, einer geblümten Weste, großkarierten Hosen, die oben sehr weit und unten eng sind, und gelben Schuhen ohne Absätze. Seine Augen sind vorgequollen, wie bei einem Krebs, seine Krawatte sieht wie der Hals eines Krebses aus, und der ganze junge Mann scheint mir gewissermaßen geradezu nach Krebssuppe zu riechen. Er ist täglich bei uns zu Besuch, aber keiner von uns weiß, woher er stammt, wo er studiert hat und wovon er lebt. Er spielt weder, noch singt er, aber er steht in irgendeiner Beziehung zur Musik und zum Gesang, er verkauft irgendwo weiß Gott was für Klaviere, ist häufig auf dem Konservatorium zu treffen, ist mit allen Größen bekannt und macht sich in allen Konzerten bemerkbar; er spricht mit großer Sicherheit über Musik, und ich habe bemerkt, daß ihm jeder gern zustimmt.

Reiche Leute haben immer Schmarotzer in ihrer Umgebung; die Wissenschaft und die Kunst ebenso. Es scheint auf Erden keine Kunst oder Wissenschaft zu geben, die von solchen »Fremdkörpern«, wie dieser Gnecker einer ist, frei wäre. Ich bin kein Musiker und kann mich ja über Gnecker, den ich zudem wenig kenne, täuschen. Aber seine Sicherheit scheint mir zu verdächtig, und ebenso die überlegene Wichtigkeit, mit der er am Klavier lehnt und zuhört, wenn jemand singt oder spielt.

Sei tausendmal ein Gentleman und Geheimer Rat; wenn du aber eine Tochter hast, bist du durch nichts von der Kleinbürgerlichkeit geschützt, die Courmacherei, Freierei und Hochzeit einem so oft ins Haus zu tragen. Ich, zum Beispiel, kann mich auf keine Weise mit dem feierlichen Gesicht befreunden, das meine Frau immer macht, wenn Gnecker da ist, ich kann mich auch mit den Lafitte-, Portwein- und Sherryflaschen nicht befreunden, die nur seinetwegen auf den Tisch gestellt werden, damit er sich durch den Augenschein überzeugt, wie großartig und luxuriös wir leben. Ich kann auch Lisas abruptes Gelächter nicht verdauen, das sie sich auf dem Konservatorium angewöhnt hat, und ihre Art, mit den Augen zu zwinkern, wenn Herren da sind. Die Hauptsache aber ist, ich kann auf keine Weise begreifen, warum jeden Tag ein Wesen zu mir kommt und bei mir zu Mittag ißt, das meinen Gewohnheiten, meiner Wissenschaft, der ganzen Ordnung meines Lebens zuwider ist, das den Menschen, die ich gern habe, auch nicht im entferntesten ähnlich sieht. Meine Frau und die Dienstboten wispern geheimnisvoll: »Das ist ein Freier«, aber ich begreife seine Anwesenheit trotzdem noch immer nicht; er erregt denselben Widerwillen in mir, als wollte man an meinen Tisch einen Zulukaffer placieren. Und sonderbar erscheint es mir auch, daß meine Tochter, die ich nach alter Gewohnheit noch als Kind betrachte, diese Krawatte, diese Augen, diese weichlichen Wangen liebt …

Früher liebte ich unsere Mittagsmahlzeit, oder sie war mir gleichgültig, jetzt weckt sie in mir nichts mehr, als Langeweile und Ärger. Seit ich Geheimrat bin und einmal Dekan war, hat meine Familie es nötig gefunden, unser Menu und die ganze Ordnung bei Tisch vollkommen zu verändern. Anstatt der einfachen Speisen, an die ich als Student und Arzt gewöhnt war, bekomme ich jetzt Püreesuppe, in der Gott weiß was für weiße Dinger herumschwimmen, und Nieren in Madeira. Der hohe Rang und die Berühmtheit haben mir für immer die gute Kohlsuppe und die herrlichen russischen Pasteten geraubt, und die gebratenen Gänse mit der Apfelfüllung, und die Buchweizengrütze. Sie haben mir auch meine alte, geschwätzige und komische Magd Agascha genommen, an deren Stelle jetzt Jegor das Essen serviert, ein hochmütiger und dummer Kerl mit einem weißen Handschuh auf der rechten Hand. Die Pausen zwischen den Gängen sind kurz, erscheinen aber unermeßlich lang, weil man nicht weiß, womit man sie ausfüllen soll. Die einstige Fröhlichkeit ist hin, hin sind die ungezwungenen Gespräche, die Späße, das herzliche Lachen, die kleinen Zärtlichkeiten, hin die Freude, die die Kinder, meine Frau und ich fühlten, wenn wir früher im Eßzimmer zusammenkamen; für mich, den Mann der Arbeit, war die Mahlzeit eine Zeit der Erholung und des Wiedersehens, und für meine Frau und meine Kinder ein Fest, ein kurzes zwar, aber ein helles und freudiges, denn sie wußten, daß ich nun für eine halbe Stunde nicht der Wissenschaft, den Studenten gehörte, sondern ihnen allein und keinem weiter. Hin ist die Kunst, von *einem* Glase trunken zu werden, keine Agascha ist mehr da, und keine Buchweizengrütze, verstummt ist der Lärm der kleinen Skandale beim Essen, die es gab, wenn der Hund und die Katze sich unter dem Tisch eine Schlacht lieferten, oder mal der Verband von Katjas Wange in den Suppenteller fiel.

Ein Mittagessen von heute zu beschreiben, ist ebensowenig ergötzlich, wie es zu essen. Auf dem Gesicht meiner Frau Feierlichkeit, gekünstelte Wichtigkeit und der gewöhnliche sorgenvolle Ausdruck. Sie schaut unruhig auf unsere Teller und sagt: »Ich sehe schon, der Braten schmeckt euch nicht … Ganz aufrichtig! Er schmeckt euch doch nicht?« Und ich muß dann antworten: »Mach dir doch keine unnützen Sorgen, Liebste, es schmeckt uns ganz ausgezeichnet.« Und sie wieder: »Du willst mich immer nur trösten, Nikolai Stepanytsch, und sagst mir nie die Wahrheit.

Warum ißt denn Alexander Adolfowitsch so wenig?« Und in der Weise geht's weiter während der ganzen Mahlzeit. Lisa lacht abrupt und zwinkert mit den Augen. Ich schaue sie beide an und gerade jetzt, beim Essen, wird es mir vollkommen klar, daß das innere Leben der beiden meiner Beobachtung schon längst entschlüpft ist. Ich habe das Gefühl, als hätte ich früher einmal in meinem Hause mit einer wirklichen Familie gelebt und speiste jetzt als Gast bei einer nachgemachten Frau und einer nachgemachten Lisa. Die beiden haben sich direkt verwandelt, und ich habe den langen Prozeß verschlafen, in dem diese Wandlung sich allmählich vollzogen hat, da ist's kein Wunder, daß ich nichts davon begreife. Woher kam diese Wandlung? Ich weiß es nicht. Vielleicht liegt das Unglück darin, daß der liebe Gott meiner Frau und meiner Tochter nicht soviel Kraft gegeben hat, wie mir. Ich war von Kind auf gewöhnt, mich äußeren Einflüssen zu widersetzen, und hatte mich gehörig abgehärtet; so haben mich solche Lebenskatastrophen, wie die Berühmtheit, der Geheimratstitel, der Übergang von der Genügsamkeit zum Leben über unsere Mittel, der vornehme Verkehr und so weiter, kaum äußerlich berührt, und ich bin ganz und unversehrt geblieben; über die beiden Schwachen aber und Unabgehärteten, meine Frau und Lisa, hat sich das alles wie eine riesige Schneewehe gewälzt und sie zerdrückt.

Die Damen und Gnecker reden von Fugen, vom Kontrapunkt, von Sängern und Pianisten, von Brahms und Bach, und meine Frau hat Angst, in den Geruch musikalischer Ignoranz zu kommen, und lächelt ihnen zu und brummelt: »Entzückend! ... Nein, wirklich? Sagen Sie doch ...« Gnecker ißt solide, macht solide Bonmots und hört die Bewertungen der Damen leutselig an. Hie und da fühlt er das Bedürfnis, in einem schlechten Französisch zu sprechen, und dann hält er es, Gott weiß warum, für notwendig, mir ein » *votre excellence*« um den Mund zu schmieren.

Und ich bin verstimmt. Es ist ganz klar, ich bin ihnen allen im Wege, und sie sind mir im Wege. Ich habe früher nie etwas vom Antagonismus der verschiedenen Stände wissen wollen, heutzutage aber quält mich gerade etwas dem Ähnliches. Ich gebe mir Mühe, an Gnecker nur schlechte Seiten herauszufinden und finde sie auch leicht, und es peinigt mich, daß auf seinem Bräutigamsplatz ein Mensch sitzt, der nicht zu meinem Kreise gehört. Und seine Gegenwart wirkt auch noch in anderer

Hinsicht nicht gut auf mich. Für gewöhnlich, wenn ich mit mir allein bin, oder in der Gesellschaft von Leuten, die ich gern habe, denke ich nie an meine Verdienste, und wenn ich mal darüber nachdenken will, dann erscheinen sie mir so nichtig, als ob ich erst seit gestern Gelehrter wäre; bin ich aber in der Gesellschaft von Leuten, wie dieser Gnecker, dann erscheinen mir meine Verdienste wie ein ungeheurer Berg, dessen Gipfel in den Wolken verschwindet und an dessen Fuß, den Augen kaum noch erkennbar, die Gneckers herumwimmeln.

Nach dem Mittag gehe ich in mein Arbeitszimmer und zünde mir meine Pfeife an, die einzige für den ganzen Tag, ein Überbleibsel meiner früheren schlechten Angewohnheit, vom Morgen bis in die Nacht zu qualmen. Während ich sie rauche, kommt meine Frau und setzt sich zu mir, um mit mir zu sprechen. Und wie am Morgen, weiß ich auch jetzt im voraus, wovon die Rede sein wird.

»Wir müssen mal ernsthaft darüber sprechen, Nikolai Stepanytsch«, fängt sie an, »ich meine wegen Lisa … Warum beachtest du das gar nicht?«

»Was denn?«

»Du tust, als merktest du nichts, und das ist nicht richtig. Man darf da nicht so sorglos sein … Gnecker hat Absichten auf Lisa … Was meinst du dazu?«

»Daß er ein schlechter Kerl wäre, kann ich nicht behaupten, denn ich kenne ihn gar nicht; daß er mir aber durchaus nicht gefällt, habe ich dir ja schon tausendmal gesagt.«

»Aber so geht es doch nicht … wirklich nicht …«

Sie erhebt sich und geht erregt auf und nieder.

»Von dem Standpunkt darf man einen so ernsten Schritt nicht ins Auge fassen …« sagt sie. »Wo es sich um das Glück unserer Tochter handelt, muß alles Persönliche schweigen. Ich weiß, er gefällt dir nicht … Gut … Wenn wir ihm jetzt aber Nein sagen und allem ein Ende machen, was bürgt dir dafür, daß Lisa uns nicht ihr ganzes Leben lang deswegen Vorwürfe hören läßt? Die ernsthaften Freier laufen heutzutage nicht bloß so herum, und es kann leicht sein, daß sich ihr zu einer anderen Partie keine Gelegenheit mehr bietet … Er liebt Lisa wirklich und scheint ihr zu gefallen … Natürlich, er hat keinen festen Beruf, aber was soll einer dabei tun? Gott geb' es, daß er mit der Zeit irgend etwas Bestimmtes findet. Er ist aus guter Familie und wohlhabend ...«

»Woher weißt du das?«

»Er hat davon gesprochen ... Sein Vater besitzt in Charkow ein großes Haus und ein Gut in der Nähe der Stadt. Kurz und gut, Nikolai Stepanowitsch, du mußt unbedingt nach Charkow fahren.«

»Wozu?«

»Du mußt dich dort erkundigen ... du hast dort bekannte Professoren, die können dir behilflich sein ... Ich würde ja selbst reisen, aber ich bin eine Frau ... Ich kann doch nicht ...«

»Ich reise nicht nach Charkow«, sage ich verdrossen.

Meine Frau schrickt zusammen, und auf ihrem Gesicht erscheint ein qualvoll schmerzlicher Ausdruck.

»Bei allem, was mir heilig ist, Nikolai Stepanytsch«, fleht sie schluchzend, »ich beschwöre dich, nimm diese Last von mir. Es ist mir eine Qual –!«

Mir tut es weh, sie anzusehen.

»Schön, Warja«, sage ich freundlich, »wenn du willst, so fahre ich meinetwegen nach Charkow und tu alles, was dir beliebt.«

Sie preßt das Taschentuch an ihre Augen und geht in ihr Zimmer, um sich auszuweinen. Ich bleibe allein.

Nach einer Weile kommt die Lampe. Die Stühle und die Lampenglocke werfen die bekannten, mir längst langweilig gewordenen Schatten auf die Wände, und wenn ich sie sehe, ist es mir, als wäre es schon Nacht und meine verfluchte Schlaflosigkeit träte die Herrschaft an. Ich lege mich auf mein Bett, dann stehe ich wieder auf und gehe im Zimmer herum, dann lege ich mich wieder hin ... Für gewöhnlich erreicht meine nervöse Erregtheit nach dem Mittagessen, wenn der Abend kommen will, ihren höchsten Grad. Ich fange grundlos zu weinen an und vergrabe den Kopf in das Kissen. In solchen Augenblicken fürchte ich, daß jemand eintreten könne, daß ich plötzlich sterben könne, ich schäme mich meiner Tränen, und meine Seelenstimmung ist im ganzen ganz unerträglich. Ich fühle, daß ich weder die Lampe, noch die Bücher, noch die Schatten auf dem Fußboden länger sehen kann, daß ich nicht mehr die Stimmen hören kann, die aus dem Salon herüberklingen. Irgendeine unsichtbare und unverständliche Gewalt treib mich brutal aus meiner Wohnung. Ich springe auf, ziehe mich eilends an und gehe vorsichtig, daß niemand was merkt, hinaus auf die Straße. Wohin jetzt?

Die Antwort auf diese Frage sitzt schon lange in meinem Hirn: zu Katja.

3.

Nach ihrer Gewohnheit liegt Katja auf dem türkischen Divan oder der Couchette und liest. Wenn sie mich erblickt, hebt sie träge den Kopf, setzt sich auf und streckt mir ihre Hand entgegen.

»Du liegst aber auch immer«, sage ich nach einem kurzen Schweigen, wenn ich mich ein wenig verschnauft habe. »Das ist ungesund. Du solltest dir irgendeine Beschäftigung suchen!«

»Was?«

»Ich sagte, du solltest dich nach irgendeiner Beschäftigung umsehen.«

»Was für eine denn? Ein Frauenzimmer ist nur als Fabrikarbeiterin oder als Schauspielerin zu brauchen.«

»Was macht das? Wenn du nicht Arbeiterin werden kannst, so geh wieder zum Theater.«

Sie schweigt.

»Dann solltest du heiraten«, sag' ich, halb im Scherz.

»Ich wüßte nicht, wen. Und es hat auch keinen Zweck.«

»So kann eins doch nicht existieren.«

»Ohne Mann? Ach, die große Wichtigkeit! Männer könnte ich genug bekommen, wenn ich Lust hätte.«

»Katja, das ist nicht hübsch von dir.«

»Was ist nicht hübsch?«

»Ja, das, was du gerade gesagt hast.«

Sie merkt, daß sie mich verletzt hat, und will den schlechten Eindruck gern verwischen und sagt:

»Kommen Sie mal mit. Hier herein. Sehn Sie!«

Sie führt mich in ein kleines, sehr behaglich eingerichtetes Zimmer und sagt, indem sie auf den Schreibtisch deutet:

»Sehn Sie … das habe ich für Sie eingerichtet. Hier werden Sie arbeiten. Kommen Sie jeden Tag und bringen Sie Ihre Arbeit mit. Zu Hause werden Sie ja doch nur in einem fort gestört. Werden Sie also hier arbeiten? Wollen Sie?«

Um sie durch meine Weigerung nicht zu kränken, sage ich ihr, ich wollte hier arbeiten und das Zimmer gefiele mir sehr. Dann sitzen wir beide in dem behaglichen Zimmerchen und unterhalten uns miteinander.

Die Wärme, die gemütliche Umgebung und die Nähe eines mir sympathischen Wesens wecken in mir nicht mehr das Wohlgefühl wie einst, sondern nur ein Bedürfnis zu klagen und zu schimpfen. Mir scheint, ich weiß nicht warum, daß das Klagen und Schimpfen mir einige Erleichterung geben wird.

»Schlecht stehen die Sachen, meine Liebe!« fange ich mit einem Seufzer an. »Sehr schlecht …«

»Was ist denn los?«

»Siehst du, liebe Freundin. Das schönste und heiligste Vorrecht der Könige ist das Recht auf Begnadigung. Und ich habe mich immer als ein König gefühlt und von diesem Recht den weitesten Gebrauch gemacht. Ich verurteilte niemand, war stets nachsichtig und verzieh allen und alles. Wo die anderen protestierten und sich empörten, suchte ich zu überreden und zu überzeugen. Mein ganzes Leben lang war ich nur darauf bedacht, daß meine Gesellschaft meiner Familie, den Studenten, den Kollegen, den Dienstboten erträglich sei. Dieses Verhältnis zu den Menschen wirkte auf alle, die in meiner Nähe waren, erzieherisch. Jetzt bin ich aber kein König mehr. In mir geht etwas vor, was nur eines Sklaven würdig wäre: in meinem Kopfe rumoren Tag und Nacht böse Gedanken, und in meiner Seele haben sich Gefühle festgesetzt, die ich bisher nicht kannte. Ich hasse, ich verachte, ich empöre mich, ich fürchte. Ich bin übermäßig streng, anspruchsvoll, reizbar, unfreundlich und argwöhnisch geworden. Selbst solche Dinge, die ich bisher mit irgendeiner witzigen Bemerkung oder mit gutmütigem Lachen abtat, wecken in mir jetzt ein unerträgliches Gefühl. Auch meine ganze Logik ist verändert: früher verachtete ich nur das Geld, jetzt aber habe ich dieses Gefühl nicht gegen das Geld sondern gegen die Reichen, als ob sie dafür verantwortlich wären; früher haßte ich jede Gewalttätigkeit und Willkür, heute hasse ich aber die Menschen, die Gewalt anwenden, als ob sie allein die Schuld trügen, und nicht wir alle, die wir einander nicht zu erziehen verstehen. Was soll das bedeuten? Wenn die neuen Gedanken und die neuen Gefühle auf einem Wechsel einer Überzeugung beruhen, – woher soll so ein Wechsel kommen? Ist die Welt schlechter und bin ich besser geworden, oder war ich früher stumpf und blind gewesen? Wenn aber diese Änderung auf einem allgemeinen Verfall meiner körperlichen und geistigen Kräfte beruht, – ich bin ja krank und verliere jeden Tag an Gewicht, – so ist meine Lage kläglich: also sind meine neuen Gedanken unnormal und krankhaft, und ich muß mich ihrer schämen und sie für nichtig ansehen …«

»Die Krankheit hat damit nichts zu tun«, unterbricht mich Katja. »Ihnen sind einfach die Augen aufgegangen, – das ist alles. Sie haben nun das erblickt, was Sie früher nicht haben sehen wollen. Meiner Ansicht nach, müssen Sie endgültig mit Ihrer Familie brechen und fortziehen.«

»Du redest Unsinn.«

»Sie lieben sie doch nicht mehr, was wollen Sie sich betrügen? Ist denn das eine Familie? Lauter Nichtse! Wenn sie heute alle sterben, wird es morgen kein Mensch merken.«

Katja verachtet meine Frau und meine Tochter ebensosehr, wie jene sie hassen. Man kann in unserer Zeit wohl kaum mehr von einem Recht der Menschen sprechen, einander zu verachten. Aber wenn man sich auf Katjas Standpunkt stellt und den Lebenden so ein Recht zugestehen will, muß man immerhin sagen, daß sie genau so sehr berechtigt ist, wie jene berechtigt sind, sie zu hassen.

»Diese Nichtse!« sagt sie von ihnen, »haben Sie heute überhaupt zu Mittag gegessen? Wie kommt es eigentlich, daß sie nicht vergessen haben, Sie zu Tisch zu bitten? Wie kommt es, daß sie sich immer noch an Ihre Existenz erinnern?«

»Katja«, sage ich streng, »ich bitt dich, hör' davon auf!«

»Glauben Sie vielleicht, mir macht es Spaß, von ihnen zu reden? Ich wäre froh, wenn ich sie überhaupt nicht kennen würde. Hören Sie auf mich, lieber Freund: lassen Sie alles stehen und liegen und reisen Sie ab. Reisen Sie ins Ausland. Je schneller, je besser.«

»So ein Unsinn! Und die Universität?«

»Auch die Universität! Was ist sie Ihnen? Das hat ja auch keinen Sinn und Verstand. Seit dreißig Jahren unterrichten Sie jetzt, und wo sind Ihre Schüler? Haben Sie viele berühmte Schüler? Zählen Sie mal nach! Und um die Zahl der Ärzte zu vermehren, die die Unwissenheit exploitieren und hunderttausend Rubel im Jahr verdienen, braucht man kein talentvoller und guter Mensch zu sein. Sie sind ganz überflüssig.«

»Lieber Gott, wie bissig du bist!« sage ich ganz erschrocken, »wie bissig du bist! Jetzt hör' aber auf, sonst geh' ich! Auf deine bissigen Bemerkungen will ich nicht antworten!«

Das Mädchen kommt und bittet uns zum Tee. Beim Samowar ändert sich unser Gespräch, Gott sei Dank. Jetzt, wo ich mich ausgeklagt habe, verspüre ich die Lust, meiner anderen Greisenschwäche die Zügel schießen zu lassen – meinen Erinnerungen. Ich erzähle Katja von meiner Vergangenheit und teile ihr, zu meinem eigenen Erstaunen, Einzelheiten mit, von denen ich gar nicht geahnt hatte, daß sie noch so frisch in meinem Gedächtnis hafteten. Und sie hört mir mit Rührung und Stolz, mit angehaltenem Atem zu. Besonders gerne erzählte ich ihr, wie ich einst am Priesterseminar studierte und mich sehnte, auf die Universität zu kommen.

»Manchmal spazierte ich in unserem Seminargarten«, erzählte ich ihr. »Da bringt der Wind aus irgendeiner fernen Schenke Ziehharmonikatöne oder Gesang her, oder eine Troika mit Schellen saust am Seminarzaun vorbei, und das genügt schon vollkommen, damit das Gefühl von Glück nicht nur die Brust, sondern auch Bauch, Beine und Arme fülle ... Ich höre der Ziehharmonika oder dem verhallenden Schellengeläute zu, sehe mich in Gedanken als Arzt und male mir Bilder aus, eines schöner als das andere. Nun sind meine Träume, wie du siehst, in Erfüllung gegangen. Mir ist mehr gewährt worden, als ich je zu träumen wagte. Dreißig Jahre lang war ich der beliebte Professor, hatte die besten Kollegen und genoß Ruhm und Ehren. Ich habe geliebt, aus Liebe geheiratet und Kinder gehabt. Mit einem Wort, wenn ich zurückblicke, erscheint mir mein Leben als eine schöne, talentvoll komponierte Symphonie. Nun gilt es nur noch, das Finale nicht verpatzen. Dazu muß ich menschenwürdig sterben. Wenn der Tod in der Tat eine Gefahr ist, so muß ich ihn so empfangen, wie es einem Lehrer, Mann der Wissenschaft und Bürger eines christlichen Staates geziemt: wohlgemut und ruhigen Herzens. Aber ich verpatze das Finale. Ich ertrinke, ich komme zu dir gelaufen und bitte um Hilfe. Und du sagst mir drauf: ertrinken Sie nur, es muß so sein.«

Im Vorzimmer geht die Klingel. Ich und Katja, wir hören es und sagen:

»Das wird wahrscheinlich Michaïl Fjodorytsch sein.«

Und richtig, im nächsten Augenblick tritt mein Kollege von der philologischen Fakultät, Michaïl Fjodorytsch ein, ein großer, gut gewachsener Mann von etwa fünfzig Jahren, mit dichtem, grauem Haar, schwarzen Brauen und glattrasiertem Gesicht. Er ist ein vortrefflicher Mensch und ein ausgezeichneter Kollege. Er stammt aus einer altadeligen Familie, die immer sehr erfolgreich und begabt war und eine hervorragende Rolle in der Geschichte unserer Literatur und Geistesentwicklung gespielt hat. Er selbst ist klug, talentvoll, sehr gebildet, aber nicht ganz frei von Absonderlichkeiten. Bis zu einem gewissen Grade sind wir ja alle Sonderlinge, aber seine Absonderlichkeiten stellen etwas ganz Ausnahmsweises dar und schließen eine gewisse Gefahr für seine Bekannten in sich. Unter diesen weiß ich nicht wenige, die vor lauter Absonderlichkeiten seine zahlreichen Vorzüge überhaupt nicht bemerken!

Er tritt ein, zieht langsam seine Handschuhe aus und sagt mit seiner sammetweichen Baßstimme:

»Guten Abend. Sie trinken Tee? Das trifft sich sehr gut. Eine höllische Kälte draußen.«

Dann setzt er sich an den Tisch, nimmt sein Glas und fängt sofort zu sprechen an. Das Charakteristischste an seiner Sprechweise ist sein ewig scherzhafter Ton, eine gewisse Mischung von Philosophie und Possenreißerei, wie sie die Shakespeareschen Totengräber haben. Er spricht immer von ernsten Dingen, aber niemals ernsthaft. Seine Urteile sind immer bissig, schmähsüchtig, aber dank dem weichen, gleichmäßigen, scherzhaften Ton kommen sie so heraus, daß seine Bissigkeit und sein Geschimpfe das Ohr nicht verletzen und man sich schnell daran gewöhnt. Jeden Abend hat er fünf, sechs Anekdoten aus dem Universitätsleben in petto, und die sind gewöhnlich sein erstes, wenn er sich an den Tisch gesetzt hat.

»Ach du lieber Herrgott«, seufzt er und hebt und senkt seine schwarzen Brauen spöttisch, »was doch für Komiker auf dieser Erde spazieren laufen!«

»Wieso denn?« fragt Katja.

»Ich komme heute aus meinem Kolleg und treffe auf der Treppe diesen alten Idioten, unseren lieben Kollegen NN ... Da kommt er und streckt wie gewöhnlich sein Pferdekinn vor und sucht einen Dummen, dem er ein längeres und breiteres vorjammern kann über seine Migräne, seine Frau und die Studenten, die keine vier Pferde in seine Kollegien hineinbringen. Na, denk' ich mir, er hat mich schon gesehen – jetzt ist's verspielt, verflucht und zugenäht ...«

Und so weiter in der Tonart. Oder er beginnt folgendermaßen:

»Gestern war ich im öffentlichen Vortrag unseres lieben Kollegen ZZ. Ich wundere mich nur, wo unsere *alma mater* – erwähnen wir sie abends lieber nicht, sonst träumen wir noch von ihr – wo sie den Mut hernimmt, dem Publikum solche Dummköpfe und patentierte Trottel vorzuführen, wie diesen ZZ. Das ist ja der europäische Hanswurst! Einen zweiten von der Sorte treiben Sie in ganz Europa nicht auf, wenn Sie auch bei hellichtem Tag mit der Laterne auf die Suche gehen. So ledern kann es höchstens noch in unserer Aula sein, wenn die Jahresfeier begangen wird, bei der einer von uns den traditionellen Vortrag schwingen muß, der Teufel soll ihn holen!«

Und gleich darauf der plötzliche Übergang:

»Vor drei Jahren – Nikolai Stepanytsch muß es ja noch wissen – hatte ich die hohe Ehre, diesen Vortrag zu halten. Die Hitze damals, die eingeschlossene Luft, die Uniform drückt in den Achselhöhlen – zum Verrecken! Ich lese eine halbe Stunde, eine ganze Stunde, anderthalb Stunden, zwei Stunden ... ›Na‹, denk ich endlich, ›Gott sei Dank, jetzt hab' ich nur noch zehn Seiten.‹ Und ganz gegen Ende waren da noch vier Seiten, die ich eigentlich gar nicht mitzulesen brauchte, und ich gedachte sie auch wegzulassen. ›Also‹, dachte ich, ›sind's bloß noch sechs.‹ Aber, nu denken Sie mal, ich schiele ein bißchen ins Publikum und sehe: in der ersten Reihe sitzen nebeneinander ein General mit einem breiten Ordensband und der Erzbischof. Die armen Teufel sind vor Langeweile einfach zu Salzsäulen geworden, sie reißen die Augen krampfhaft auf, um nicht einzuschlafen, aber nichtsdestoweniger wollen sie Aufmerksamkeit markieren und schneiden ein Gesicht, als kapierten sie meinen Vortrag und fänden ihn reizend. ›Na‹, denk’ ich, ›wenn ihr das reizend findet, dann sollt ihr um kein Quentchen eures Vergnügens betrogen werden. Nu aber grade!‹ Ich nahm alle Kraft zusammen und las die vier Seiten mit.«

Wenn er spricht, lächeln in seinem Gesicht, wie das überhaupt bei allen spöttisch veranlagten Menschen der Fall ist, nur die Augen und die Brauen. Dabei liegt in seinen Augen weder Haß noch Bosheit, sondern nur viel Witz und die spezielle fuchsartige Schlauheit, die man fast nur bei sehr scharfen Beobachtern findet. Wenn man noch etwas von seinen Augen sagen will, so habe ich noch eine Besonderheit an ihnen bemerkt. Wenn er sein Glas aus Katjas Hand nimmt, oder eine Replik von ihr anhört, oder sie mit seinen Blicken begleitet, wenn sie mal auf einen Augenblick das Zimmer verläßt, dann finde ich in seinem Blick etwas seltsam Sanftes, Flehendes, Reines …

Das Mädchen trägt den Samowar fort und stellt ein großes Stück Käse, Obst und eine Flasche Krimschen Champagner auf den Tisch. An dieses Getränk hat Katja sich gewöhnt, als sie in der Krim lebte. Michaïl Fjodorowitsch holt zwei Spiele Karten von einer Etagere und legt Patiencen. Er ist überzeugt, daß manche Patiencen viel Scharfsinn und Aufmerksamkeit erfordern. Aber trotz alledem hört er nicht auf, sich durch ewiges Sprechen abzulenken, während er sie legt. Katja sieht aufmerksam auf seine Karten und hilft ihm, mehr mit Gebärden, als mit Worten. Wein trinkt sie den ganzen Abend nicht mehr als zwei Glas, ich trinke ein viertel Glas; der Rest der Flasche kommt auf Michaïl Fjodorowitschs Teil, der viel vertragen kann und nie einen Rausch bekommt.

Wenn die Patience beendet ist, sprechen wir über alles Mögliche, meist über Gegenstände höherer Natur, und besonders oft kommen wir auf das Thema, das wir vor allen lieben: die Wissenschaft.

»Die Wissenschaft ist Gott sei Dank fertig«, sagt Michaïl Fjodorowitsch langsam und deutlich, »ihre Rolle ist schon ausgespielt. Jawohl. Und sagen Sie doch wirklich: was hat sie den Menschen gegeben? Zwischen uns gelehrten Europäern und den Chinesen, die keinerlei Wissenschaft besitzen, besteht nur ein verschwindend kleiner, rein äußerlicher Unterschied. Die Chinesen haben nie eine Wissenschaft gekannt, und was haben sie daran verloren?«

»Die Fliegen haben auch keine Wissenschaft«, sage ich, »was folgt denn daraus?«

»Sie regen sich ganz unnütz auf, Nikolai Stepanytsch. Ich sage das hier, unter uns ... Ich bin viel vorsichtiger, als Sie denken. Fällt mir gar nicht ein, das öffentlich zu sagen, Gott soll mich bewahren! Bei der breiten Masse existiert nun mal der Aberglauben, daß Wissenschaft und Kunst höher stehen, als Ackerbau, Handel, Handwerk. Unsere Sekte lebt von diesem Aberglauben; ich und Sie, wir dürfen ihn beileibe nicht zerstören. Da sei Gott vor!«

»Dekadent ist heutzutage unser ganzes Geschlecht«, seufzt Michaïl Fjodorowitsch dann wieder, »ich rede ja gar nicht von Idealen und so weiter, wenn sie nur wenigstens vernünftig zu arbeiten und zu denken verständen! Traurig kann man werden, wenn man seine Zeitgenossen betrachtet.«

»Ja, es ist eine fürchterliche Dekadenz«, stimmt Katja zu, »sagen Sie mal, haben Sie in den letzten fünfzehn Jahren auch nur einen Schüler gehabt, an dem etwas Besonderes gewesen wäre?«

»Ich weiß nicht, wie es bei den anderen Professoren ist, ich wüßte keinen.«

»Ich habe in meinem Leben«, sagte Katja, »viele Studenten und junge Gelehrten und viele Schauspieler gesehen ... Und was muß ich sagen? Noch nie hatte ich das Glück, nicht nur einem Helden oder einem besonderen Talent, sondern auch bloß einem interessanten Menschen zu begegnen. Alles ist farblos, talentlos und dabei furchtbar aufgeblasen ...«

Alle diese Reden von der Dekadenz machen mir jedesmal einen Eindruck, als hörte ich zwei Leute schlecht von meiner Tochter sprechen. Es kränkt mich, daß diese Anklagen so oberflächlich sind und sich in solchen längst abgenutzten Gemeinplätzen, in so einem Geschwefel Luft machen, wie: »Dekadenz« und »verlorene Ideale«. Jede Anklage, selbst wenn sie in Damengesellschaft ausgesprochen wird, soll mit der größtmöglichen Präzision formuliert werden, sonst ist sie keine Anklage, sondern eine leere Verleumdung, die sich anständige Menschen nicht erlauben dürfen.

Ich bin ein alter Mann und schon dreißig Jahre im Amte, aber ich merke nichts von einer Dekadenz, einem Schwinden der Ideale, und finde auch nicht, daß die Welt jetzt schlechter wäre, als früher. Mein Hörsaaldiener Nikolai, dessen Erfahrung in der Hinsicht nicht zu unterschätzen ist, findet, daß die Studenten von heute weder besser noch schlechter sind, als die von ehemals.

Wenn man mich fragte, was mir an meinen jetzigen Schülern mißfällt, würde ich darauf zwar nicht sofort und nicht viel, doch sehr bestimmt antworten. Ihre Mängel kenne ich, und daher brauche ich nicht zu allgemeinen Redensarten Zuflucht zu nehmen. Mir mißfällt, daß sie rauchen, Spirituosen trinken und spät heiraten; daß sie so gleichgültig sind, daß sie Hungernde in ihrer Mitte dulden und die Darlehen an die Unterstützungskasse nicht zurückzahlen. Sie verstehen die neuen Sprachen nicht und können sich nicht einmal russisch richtig ausdrücken. Gestern erst beklagte sich mein Kollege, der Hygieniker, daß er den Umfang seiner Vorlesungen verdoppeln müsse, weil sie nur sehr wenig von Physik und nichts von Meteorologie verstehen. Sie erliegen gerne dem Einflüsse der neueren Dichter, und nicht einmal der besten unter diesen, sind aber vollkommen gleichgültig gegen solche Klassiker wie Shakespeare, Mark Aurel, Epiktet oder Pascal, und in dieser Unfähigkeit, das Große vom Kleinen zu unterscheiden, zeigt sich ganz besonders ihr durch und durch unpraktischer Sinn. Allen schwierigen Fragen, die einen mehr oder weniger sozialen Charakter haben, (z. B. der Frage der inneren Kolonisation) suchen sie durch Geldkollekten beizukommen, nur nicht durch wissenschaftliche Forschung oder Erfahrung, obwohl dieser letztere Weg ihnen offen steht und ihrem Berufe am meisten entspricht. Sie werden gerne Ordinatoren, Laboranten, Assistenten, Externe und sind bereit, solche Posten bis zu ihrem vierzigsten Lebensjahre zu bekleiden, obwohl Selbständigkeit, Unabhängigkeit und persönliche Initiative in der Wissenschaft nicht weniger wichtig sind als in der Kunst oder im Handel. Ich habe wohl Schüler und Hörer, doch keine Helfer und Nachfolger, und darum liebe ich sie, lasse mich von ihnen rühren, bin aber auf sie nicht stolz. Usw. Usw.

Und ihre Mängel, so zahlreich sie auch sein mögen, können eine pessimistische und schmähliche Stimmung nur in kleinmütigen und ängstlichen Menschen gebären. Das alles hat einen so zufälligen, vorübergehenden Charakter und steht in vollkommener Abhängigkeit von den Lebensbedingungen; es braucht vielleicht zehn Jahre, und diese Mängel können verschwunden sein oder anderen, neuen, den Platz geräumt haben, ohne die es ja wohl nicht abgehen wird und die dann wieder die Kleinmütigen ängstigen werden. Die Fehler meiner Studenten ärgern mich oft, aber dieser Ärger ist ein Nichts gegen die Freude, die ich schon dreißig Jahre fühle, wenn ich mit meinen Schülern spreche, wenn ich ihnen meine Vorlesungen halte, wenn ich ihre Verhältnisse und Lebensbedingungen studiere und sie mit Leuten in anderen sozialen Stellungen vergleiche.

Michaïl Fjodorowitsch macht boshafte Bemerkungen, Katja lauscht ihm, und beide merken nicht, in was für einen tiefen Abgrund sie allmählich dieses scheinbar so harmlose Vergnügen, über den lieben Nächsten abzuurteilen, hinunterzieht. Sie fühlen es nicht, wie die gewöhnliche Unterhaltung immer höhnischer und hämischer wird und sie beide schließlich anfangen, mit Verleumdungen um sich zu werfen.

»Furchtbar komische Exemplare kommen zuweilen vor«, erzählt Michaïl Fjodorowitsch. »Da komme ich gestern zu unserm Jegor Petrowitsch und treffe bei ihm einen Studiosus, einen von Ihren Medizinern, ich glaube, vom fünften Semester. Hat so ein Gesicht in Dobroljubowschem Stile, auf der Stirn das Siegel des Tiefsinns. Ich komme mit ihm ins Gespräch. ›So stehen die Sachen, junger Freund. Ich las neulich‹, sage ich ihm, ›daß irgendein Deutscher – den Namen habe ich vergessen – aus dem menschlichen Gehirn ein neues Alkaloïd – das Idiotin gewonnen hat.‹ Und was denken Sie? Er glaubte es und machte sogar eine ehrerbietige Miene: ›Ja, die Mediziner!‹ – Oder ich komme neulich ins Theater. Setz' mich hin. Gerade vor mir, in der nächsten Reihe sitzen zweie: der eine, einer von unsern Leut', offenbar Jurist, der andere – ein ungekämmter Mediziner. Der Mediziner ist besoffen wie ein Schuster. Kümmert sich nicht um die Bühne, duselt vor sich hin. Sobald aber irgendein Schauspieler mit einem Monolog beginnt, oder auch nur die Stimme erhebt, fährt der Mediziner zusammen, stößt den anderen in die Seite und fragt: ›Was sagt er? Wie ist die Tendenz?‹ – ›Hochanständig!‹ antwortet der Jurist. – ›Bravo!‹ brüllt der Mediziner: ›Bravo!‹ Der besoffene Klotz ist nämlich ins Theater nicht der Kunst, sondern der Tendenz wegen gekommen. Tendenz braucht der Kerl!«

Katja hört zu und lacht. Ihr Lachen hat etwas Sonderbares: Einatmung und Ausatmung folgen sich schnell und mit rhythmischer Regelmäßigkeit – es hat etwas davon, als ob sie auf einer Harmonika spielte – und in ihrem ganzen Gesicht lachen dabei nur die Nüstern. Ich aber werde verstimmt und weiß nicht, was ich sagen soll. Und schließlich verliere ich die Fassung, ich werde wütend, springe auf und schreie:

»Jetzt hört aber endlich einmal auf! Warum sitzt ihr da, wie zwei giftige Kröten, und verpestet die Lust mit eurem Atem? Jetzt kann's auch einmal genug sein!«

Und ich warte nicht ab, bis sie alle ihre Bosheiten ausgekramt haben, ich breche auf. Es ist auch schon Zeit: die Uhr ist elf.

»Ich bleibe noch ein bißchen«, sagt Michaïl Fjodorowitsch, »darf ich, Jekaterina Wladimirowna?«

»Sie dürfen«, erwidert Katja.

» *Bene*, unter diesen Umständen bitte ich Sie, noch ein Fläschchen kommen zu lassen.«

Beide begleiten mich mit einer Kerze ins Vorzimmer, und während ich meinen Pelz anziehe, sagt Michaïl Fjodorowitsch:

»In letzter Zeit sehen Sie fürchterlich schlecht aus und werden so alt, Nikolai Stepanowitsch. Was ist das mit Ihnen? Sind Sie krank?«

»Ja, ich bin nicht ganz gesund …«

»Und er nimmt keinen Arzt …« wirft Katja traurig dazwischen.

»Warum holen Sie keinen Arzt? Wie kann man nur …? Lieber Mann, wer sich selbst hilft, dem hilft Gott. Empfehlen Sie mich den Ihrigen und entschuldigen Sie mich, weil ich keinen Besuch mache. In diesen Tagen, bevor ich ins Ausland reise, komme ich Adieu sagen, ganz sicher! Nächste Woche reise ich.«

Aufgeregt verlasse ich Katjas Haus, beängstigt durch das Gespräch über meine Krankheit und unzufrieden mit mir selbst. Ich frage mich: wäre es nicht wirklich besser, wenn ich einen von den Kollegen konsultieren würde? Aber dann stelle ich mir vor, wie der Kollege, nachdem er mich auskultiert hat, schweigend ans Fenster tritt, eine Zeitlang überlegt, sich dann zu mir wendet und sich Gewalt antut, damit ich nicht die Wahrheit auf seinem Gesicht lese, und dann in gleichmütigem Tone sagt: »Fürs erste finde ich nichts Besonderes, aber immerhin, Herr

Kollega, würde ich Ihnen raten, Ihren Beruf doch aufzugeben ...« Und das würde mir meine letzte Hoffnung rauben.

Wer hätte keine Hoffnungen mehr? Jetzt, wo ich mir selbst die Diagnose stelle und mich selbst behandele, hoffe ich doch zuzeiten, daß meine Unwissenheit mich betrügt, daß ich mich täusche, wenn ich Eiweiß und Zucker entdecke, oder mit meinem Herzen, und in bezug auf die Wassergeschwülste, die ich schon zweimal morgens bemerkt habe; wenn ich die Lehrbücher der Therapeutik mit dem Eifer des Hypochonders durchstudiere und täglich mit den Arzneien wechsele, ist es mir immer, als müßte ich auf die Weise etwas Tröstliches finden. Wie seicht ist das alles.

Ob der Himmel mit Wolken bedeckt ist, ob der Mond und die Sterne scheinen, jedesmal schaue ich auf meinem Heimweg empor und denke daran, wie bald mich der Tod abrufen wird. Und man sollte meinen, dann müßten meine Gedanken hoch wie der Himmel sein, klar, durchdringend ... Aber nein! Ich denke an mich selbst, an meine Frau, an Lisa, an Gnecker, an meine Studenten, überhaupt an die Menschen; ich denke schlecht, flach, ich posiere vor mir selbst, und meine Weltanschauung läßt sich in diesen Momenten in die Worte zusammenfassen, die der berühmte Araktschejew in einem von seinen intimen Briefen ausgesprochen hat: »Es gibt nichts Gutes in der Welt, das nicht auch sein Schlechtes hätte. Und immerdar ist das Schlechte häufiger zu finden, als das Gute.« Das heißt: Alles ist schlecht, es hat keinen Zweck, zu leben, und die zweiundsechzig Jahre, die du schon gelebt hast, mußt du für verlorene Jahre halten. Ich ertappe mich auf diesen Gedanken und versuche, mir einzureden, daß sie zufällig und momentan sind und nicht tief in mir sitzen, aber sogleich denke ich wieder:

»Aber wenn das wahr ist, warum zieht es dich dann Abend für Abend zu diesen beiden Giftkröten?«

Und ich lege einen Schwur vor mir selbst ab, nie wieder zu Katja zu gehen, und ich weiß doch, daß ich morgen wieder hingehe.

Wenn ich bei mir zu Hause klingele und dann die Treppe hinaufsteige, fühle ich, daß ich wirklich keine Familie mehr habe, und ich habe auch nicht den Wunsch, sie wieder zu erlangen. Es ist ganz klar, diese neuen Araktschejewschen Gedanken sind nichts Zufälliges und Momentanes, sondern sie beherrschen mein ganzes Wesen. Mit krankem Gewissen, unendlich gleichgültig, verdrossen und träge lege ich mich ins Bett, ich kann meine Glieder kaum rühren, es ist, als wäre ich um tausend Zentner schwerer geworden. Und dann schlafe ich bald ein.

Und später – die Schlaflosigkeit …

4.

Der Sommer kommt, und meine Lebensweise ändert sich. Eines schönen Morgens kommt Lisa zu mir herein in scherzhaftem Ton:

»Wollen Eure Exzellenz so freundlich sein! Es *ist* so weit.«

Meine Exzellenz wird auf die Straße geleitet, in eine Droschke gesetzt und davongefahren. Ich fahre und lese vor lauter Langeweile die Aushängeschilder von rechts nach links. Aus »Teesalon« wird auf die Weise »Nolaseet«. Das wäre ein ganz schöner Name für eine italienische Grafenfamilie: »Contessa Nolasetti«. Dann geht die Fahrt über freies Feld, an einem Friedhof vorbei, der auf mich auch nicht den geringsten Eindruck macht, wenn ich auch bald in einem von diesen Gräbern liegen werde; dann geht's durch einen Wald, und dann wieder über freies Feld. Nichts Interessantes zu sehen! Nach zweistündiger Fahrt wird meine Exzellenz in das Erdgeschoß eines Landhauses geführt und in einem kleinen, netten Zimmerchen mit blauen Tapeten untergebracht.

Nachts nach wie vor die Schlaflosigkeit, aber morgens stehe ich nicht auf und höre meiner Frau zu, sondern bleibe im Bett. Ich schlafe nicht, bin aber in einem traumhaften Zustand; es ist das Gefühl einer halben Bewußtlosigkeit, man weiß, daß man nicht schläft, aber man träumt. Um Mittag stehe ich auf und setze mich nach alter Gewohnheit an meinen Tisch, aber ich arbeite hier draußen nicht, sondern amüsiere mich mit französischen Büchern in gelben Umschlägen, die Katja mir schickt. Natürlich wäre es wohl patriotischer, wenn ich russische Autoren lesen würde, aber, aufrichtig gestanden, erscheint mir das nicht sehr verlockend. Wenn ich drei, vier von den Älteren ausnehme, kommt mir unsere ganze heutige Literatur nicht wie eine Literatur vor, sondern etwa wie eine Art von bäuerlicher Hausindustrie, die ja auch nur dazu vorhanden ist, daß man sie in Anbetracht des guten Zweckes unterstützt, ohne daß man sich ihrer Produkte gerade gern bediente. Auch das beste

Erzeugnis dieses Bauernfleißes kann man nicht hervorragend finden und ohne jedes »Aber« aufrichtig loben; dasselbe gilt auch von allen den literarischen Novitäten, die ich in den letzten zehn bis fünfzehn Jahren kennen gelernt habe: nichts Hervorragendes, nichts, bei dem man ein »Aber« unterdrücken könnte. Ist ein Buch klug und moralisch schön, so ist es talentlos; ist es talentvoll und moralisch schön, dann ist es nicht klug – ist es talentvoll und klug, so ist es unmoralisch.

Ich kann nicht behaupten, daß die französischen Bücher zu gleicher Zeit talentvoll und klug und moralisch schön wären. Sie befriedigen mich auch nicht. Aber sie sind doch nicht so langweilig, wie die russischen, und es ist keine Seltenheit, daß man in ihnen das Hauptelement der Schöpferkraft findet – das Gefühl der persönlichen Freiheit, das es bei den russischen Autoren nicht gibt. Ich weiß keine russische Novität, in der der Autor sich nicht von der ersten Seite ab bemühte, sich durch allerlei Prinzipien und Kontrakte mit seinem Gewissen aus dem Konzept zu bringen. Der eine hat Angst, von einem nackten Körper zu sprechen, der andere bindet sich durch die psychologische Analysierung an Händen und Füßen, der dritte braucht »das warme, mitfühlende Verhältnis zu seinen Menschen«, der vierte verschmiert ganze Seiten mit Naturschilderungen, weil er Angst hat, man könnte sein Buch sonst tendenziös finden … Der eine möchte in seinen Werken durchaus der Bürger sein, der andere der Aristokrat, und so weiter. Überlegtheit, Vorsicht, Verständigkeit, aber weder Freiheit noch der Mut, zu schreiben, wie einem der Schnabel gewachsen ist, und also wohl auch keine schöpferische Kraft.

Das alles bezieht sich auf die sogenannte schöne Literatur.

Was nun die seriöse russische Literatur angeht, die Bücher über Soziologie, Kunstgeschichte und so weiter, so lese ich sie einfach aus Furchtsamkeit nicht. In meiner Kindheit und frühen Jugend hatte ich eine große Angst vor Portiers und Logenschließern, und diese Angst ist mir bis heute geblieben. Ich fürchte mich vor solchen Leuten immer noch. Man hat behauptet, schrecklich erschiene einem nur, was man nicht verstände. Und tatsächlich, es läßt sich nur sehr schwer einsehen, weshalb Portiers und Logenschließer so wichtig, aufgeblasen und von so einer majestätischen Unverschämtheit sind. Wenn ich seriöse russische Literatur lese, empfinde ich genau diese unbestimmte Angst. Die ganz außerordentliche Wichtigtuerei, der herablassende Kommandeurton, die Kunst, mit großer Würde Luft aus einem Topf in den andern zu gießen – das alles ist mir unverständlich und macht mir Angst, und das alles hat so wenig Ähnlichkeit mit der Bescheidenheit und dem ruhigen Gentleman-Ton, an den ich aus den Schriften unserer Ärzte und Naturhistoriker gewöhnt bin. Und das bezieht sich nicht nur auf Originalarbeiten, mir fällt es ebenso schwer, Übersetzungen zu lesen, die seriöse russische Männer angefertigt oder redigiert haben. Der renommistische, herablassende Ton ihrer Vorreden, der Überfluß an Anmerkungen des Übersetzers, der es einem fast unmöglich macht, sich zu konzentrieren, die Fragezeichen und sic's in Klammern, die der freigebige Übersetzer über das ganze Buch oder den Artikel ausstreut, kommen mir wie ein Attentat auf die Persönlichkeit des Autors und die Selbständigkeit des Lesers vor.

Ich war einmal als Sachverständiger aufs Landgericht geladen; in einer Pause machte mich einer von den anderen Sachverständigen darauf aufmerksam, wie furchtbar grob der Staatsanwalt gegen die Angeklagten war, unter denen sich zwei intelligente und gebildete Frauen befanden. Ich glaube durchaus nicht übertrieben zu haben, als ich meinem Kollegen antwortete, ich fände diese Behandlung nicht gröber, als die, die unsere seriösen Schriftsteller sich gegenseitig zuteil werden ließen. Denn wirklich, diese Art und Weise ist so ordinär, daß man nur mit schwerem Herzen davon sprechen kann. Diese Leute sind gegeneinander oder gegen die Autoren, die sie kritisieren, entweder gar zu ehrerbietig, so daß sie ihrer eigenen Würde etwas dabei vergeben, oder aber sie behandeln sie weit rücksichtsloser, als ich in diesen Aufzeichnungen und meinen geheimsten Gedanken meinen künftigen Schwiegersohn Gnecker. Den anderen für unzurechnungsfähig erklären, ihm unsaubere Absichten zuschreiben, ja ihn direkt als Kriminalverbrecher verdächtigen, das gehört schon so zum üblichen Schmuck unserer seriösen Literaturprodukte. Und das ist doch, wie unsere jungen Ärzte sich in ihren Aufsätzen auszudrücken lieben, die ultima ratio! Diese Art und Weise muß sich natürlich in den Manieren unserer jungen Schriftstellergeneration wiederspiegeln, und ich wundere mich daher nicht im geringsten darüber, daß in allen Novitäten, die unsere belletristische Literatur in den letzten zehn, fünfzehn Jahren hervorgebracht hat, die Helden so viel Schnaps trinken und die Heldinnen eine laxe Moral haben.

Ich lese also meine französischen Bücher und schaue zum offenen Fenster hinaus; ich sehe die spitzen Latten des Gartenzauns, zwei, drei kümmerliche Bäume, weiterhin, jenseits des Zaunes, die Straße, Felder, und weiter einen breiten dunklen Streifen, den Nadelwald. Oft verlustiere ich mich daran, wie zwei Kinder, ein Junge und ein Mädchen, beide weißblond und zerlumpt, auf den Zaun klettern und sich über meine Glatze lustig machen. In ihren blitzenden Äuglein lese ich ein: »Ätsch, Kahlkopf!« Das sind wohl die einzigen Menschen, denen meine Berühmtheit und mein Geheimratstitel vollkommen gleichgültig sind.

Besuch bekomme ich hier draußen nicht mehr jeden Tag. Ich will nur die Besuche Nikolais und Pjotr Ignatjewitschs erwähnen. Nikolai kommt gewöhnlich an den Sonn- und Feiertagen heraus, angeblich in amtlichen Angelegenheiten, aber mehr wohl, um mich zu sehen. Er erscheint in einem ziemlich angeheiterten Zustand, was im Winter nie bei ihm vorkommt. Ich gehe zu ihm in den Flur hinunter und frage:

»Na, was bringen Sie Neues?«

»Eure Exzellenz«, entgegnet er, drückt eine Hand aufs Herz und sieht mich in geradezu verliebter Verzücktheit an, »Eure Exzellenz! Gott soll mich strafen! Hier auf dieser Stelle soll mich der Blitz erschlagen! *Gaudeamus igitur juvenestus!*«

Und er küßt mich glühend auf den Ärmel.

»Na, ist alles drinnen in Ordnung?« frage ich ihn.

»Eure Exzellenz! Wie vor dem lebendigen Gott …!«

Er schwört ununterbrochen, ohne die geringste Veranlassung, und ich habe bald genug davon und schicke ihn in die Küche, wo er ein Mittagessen erhält.

Auch Pjotr Ignatjewitsch kommt an den Feiertagen heraus, und zwar mit dem speziellen Zweck, seine Gedanken mit mir auszutauschen. Er sitzt gewöhnlich an der Schmalseite meines Tisches, bescheiden, appetitlich, bedachtsam, ohne je ein Bein über das andere zu schlagen oder sich an den Tisch zu lehnen; und die ganze Zeit redet er mit seinem ruhigen, eintönigen Stimmchen und erzählt mir in einem glatten Schriftrussisch allerlei nach seiner Ansicht äußerst interessante und pikante Neuigkeiten, die er aus Zeitschriften und Broschüren zusammengelesen hat. Alle diese Neuigkeiten gleichen einander und laufen auf den einen Typus hinaus: ein französischer Gelehrter hat eine Entdeckung gemacht, ein anderer – ein Deutscher – ist ihm auf die Sprünge gekommen und hat nachgewiesen, daß dieselbe Entdeckung einem Amerikaner schon im Jahre 1870 gelungen wäre, und ein dritter – wieder ein Deutscher – ist noch schlauer gewesen, als die beiden anderen zusammengenommen, und hat nachgewiesen, daß sie beide einen großen Bock geschossen und Luftkügelchen unter dem Mikroskop für ein dunkles Pigment angesehen hätten. Pjotr Ignatjewitsch erzählt, selbst wenn es etwas sein soll, das mich nach seiner Ansicht belustigen muß, weitläufig, umständlich, als wenn er eine Dissertation verteidigte. Er zählt die literarischen Quellen, die er benutzt hat, detailliert auf und bemüht sich, alle Daten und die Nummern der Zeitschriften und die Namen der Autoren korrekt anzugeben. Dabei sagt er nicht etwa einfach: »Petit«, sondern unfehlbar: »Jean Jacques Petit«. Manchmal bleibt er zum Essen bei uns, und dann erzählt er auch während der ganzen Mahlzeit derartige pikante Histörchen, so daß alle Anwesenden vor Langeweile melancholisch werden. Und wenn er hört, wie Gnecker und Lisa von Fugen, vom Kontrapunkt, von Bach und Brahms reden, senkt er bescheiden seinen Blick und wird ganz konfus; es ist ihm direkt peinlich, daß es Leute gibt, die in Gegenwart von zwei so ernsten Männern, wie ich und er, solche Albernheiten verhandeln mögen.

Bei meinem jetzigen Zustand braucht es nur fünf Minuten, und ich bin seiner schon so überdrüssig, als sähe und hörte ich ihn schon seit einer ganzen Ewigkeit. Ich bekomme einen ordentlichen Haß auf den armen Teufel. Seine ruhige, eintönige Stimme und sein Schriftrussisch bringen mich zur Verzweiflung, und seine Geschichten machen mich ganz krank … Er bringt mir die freundschaftlichsten Gefühle entgegen und spricht nur, um mir ein Vergnügen zu machen, und ich belohne ihn dafür auf eine eigene Weise. Ich sitze da und starre ihn hartnäckig an, wie ein Hypnotiseur, und denke unaufhörlich: »Geh fort, geh fort, geh fort! …« Aber er ist unempfänglich für diese gedankliche Beeinflussung und sitzt, sitzt, sitzt …

Während er so bei mir sitzt, werde ich auf keine Weise die Idee los: »Es ist sehr möglich, daß er zu meinem Nachfolger ernannt wird, wenn ich sterbe.« Und ich sehe mein unglückliches Auditorium als eine Oase,

deren Quelle versiegt ist, und ich bin unfreundlich gegen Pjotr Ignatjewitsch und wortkarg und verdrossen, als trüge er die Schuld an diesen
Gedanken, und nicht ich selber. Und wenn er nach alter Gewohnheit
die deutschen Gelehrten in den Himmel erhebt, mache ich keine gutmü-
tigen Scherze mehr darüber, wie einst, sondern knurre wütend:

»Esel sind Ihre Deutschen! ...«

Da muß ich an den verstorbenen Professor Nikita Krylow denken,
wie der einmal mit Pirogow zusammen in Reval ein Seebad nahm und,
weil er sich über die Kälte des Wassers ärgerte, losschimpfte: »Diese
Bande, diese Deutschen!« – Ich benehme mich häßlich gegen Pjotr Ignatjewitsch, und erst, wenn er aufgebrochen ist und ich am Fenster
stehe und seinen grauen Hut zwischen den Zaunlatten aufblitzen sehe,
verspüre ich Lust, ihn zurückzurufen und ihm zu sagen: »Lieber Freund,
bitte verzeihen Sie mir!«

Unser Mittagessen dehnt sich noch langweiliger aus, als im Winter.
Der ewige Gnecker, den ich jetzt hasse und verachte, speist fast jeden
Tag bei mir. Früher duldete ich seine Gegenwart schweigend, jetzt
richte ich Anzüglichkeiten an seine Adresse, die meiner Frau und Lisa
das Blut in die Wangen treiben. Von meinem Haß fortgerissen, rede
ich oft einfach dummes Zeug und weiß nicht, warum ich das tue. So
musterte ich Gnecker neulich mal längere Zeit voll Verachtung und
schoß dann auf einmal ganz unvermittelt los:

»Zu Zeiten mag der Aar im Hühnerhofe leben,
Doch niemals kann das Huhn zu Adlerhöhen streben ...«

Und das Ärgerlichste bei der ganzen Geschichte ist, daß das Huhn
Gnecker sich viel klüger erweist, als der Professor-Aar. Er weiß ja, daß
meine Frau und meine Tochter auf seiner Seite sind, und hält sich an
diese Taktik: er beantwortet meine Anzüglichkeiten mit einem duldsamen
Schweigen (»Bei dem alten Herrn scheint's ein bißchen zu rappeln –
was soll ich da groß mit ihm disputieren?«), oder er macht sich in gut-
mütiger Weise über mich lustig. – Es ist ganz erstaunlich, wie ein
Mensch herunterkommen kann! Ich bin imstande, mir während des
ganzen Mittagessens auszumalen, wie Gnecker schließlich als Hochstapler
entlarvt wird, wie es meiner Frau und Lisa wie Schuppen von den Augen

fällt, und wie ich sie dann auslache – und dergleichen häßliche Gedanken nährt ein Mann, der schon mit einem Fuß im Grabe steht.

Es kommen bei mir jetzt auch dumme Geschichten vor, Sachen, von denen ich früher nur vom Hörensagen einen Begriff hatte. So sehr ich mich dessen schäme, ich will so ein Vorkommnis beschreiben, das sich vor ein paar Tagen nach dem Essen zugetragen hat.

Ich sitze in meinem Zimmer und rauche meine Pfeife. Wie gewöhnlich kommt meine Frau herein, setzt sich zu mir und fängt davon an, wie gut es wäre, wenn ich jetzt, solange es warm wäre und ich Ferien hätte, nach Charkow reisen, und dort Erkundigungen über Gneckers Verhältnisse einziehen wollte.

»Schön, ich werde hinfahren …« sage ich.

Meine Frau ist zufrieden mit mir, sie steht auf und geht nach der Tür, kehrt aber gleich wieder um und sagt:

»Bei dieser Gelegenheit möchte ich dich gleich noch um etwas bitten. Ich weiß, du wirst böse werden, aber es ist meine Pflicht, dich zu warnen … Verzeih mir Nikolai Stepanytsch, aber alle unsere Bekannten und Nachbarn sprechen schon darüber, daß du so oft zu Katja gehst. Sie ist ja klug und gebildet, ich bestreite durchaus nicht, daß der Umgang mit ihr sehr angenehm sein mag, aber in deinen Jahren und bei deiner gesellschaftlichen Stellung, weißt du, hat es doch etwas Sonderbares, möchte ich sagen, daß du an ihrer Gesellschaft Vergnügen findest … Und dann, ihr Ruf ist derartig, daß … einfach …« Alles Blut strömt plötzlich aus meinem Hirn, aus meinen Augen stürzen Funken, ich springe, greife mit beiden Händen an meinen Kopf, trampele mit den Füßen und schreie mit einer ganz fremden Stimme:

»Laßt mich in Ruh! Laßt mich in Ruh! Laßt mich!«

Mein Gesicht muß schrecklich aussehen, meine Stimme ganz unheimlich klingen, denn meine Frau schreit auf, auch in einem ganz fremden, verzweifelten Ton. Auf unser Geschrei stürzen Lisa, Gnecker und dann Jegor herein … »Laßt mich in Ruh!« schreie ich, »hinaus! Laßt mich!«

Meine Füße sterben ab, ich fühle sie gar nicht mehr, und ich merke, wie ich irgend jemand in die Arme falle, dann höre ich noch einen Augenblick ein Schluchzen und sinke in eine Ohnmacht, die zwei, drei Stunden dauert.

Und jetzt zu Katja! Sie kommt täglich am Spätnachmittag zu mir, und es ist natürlich nicht anders möglich, die Nachbarn und unsere Bekannten müssen das ja bemerken. Sie kommt nur auf einen Augenblick herein und holt mich zur Spazierfahrt ab. Sie hat ein eigenes Pferd und einen ganz neuen Charabanc, den sie sich erst in diesem Sommer gekauft hat. Überhaupt lebt sie auf großem Fuße: sie hat sich eine ganze Villa mit einem schönen Garten für sich gemietet und ist mit ihrem ganzen Hausstand dahin übergesiedelt, sie hält zwei Dienstmädchen, einen Kutscher ... Oft frage ich sie:

»Katja, wovon willst du später leben, wenn du dein väterliches Vermögen durchbringst?«

»Kommt Zeit, kommt Rat«, erwidert sie.

»Liebe Freundin, dieses Geld verdient es, daß man es mit mehr Ernst ansieht. Ein guter Mensch hat es in ernster Arbeit erworben.«

»Ja, das haben Sie mir schon öfter gesagt. Ich weiß schon.«

Zuerst fahren wir zwischen Feldern dahin, später durch den Nadelwald, den ich aus meinem Fenster sehen kann. Die Natur erscheint mir so schön, wie sie mir immer erschienen ist, ob mir gleich ein Teufel heimlich ins Ohr wispert, daß alle diese Tannen und Föhren, die Vögel und die weißen Wolken am Himmel in drei oder vier Monaten, wenn ich gestorben bin, nicht das Geringste davon merken werden, daß ich nicht mehr da bin. Katja macht das Kutschieren Spaß, und sie ist froh, weil das Wetter schön ist und ich neben ihr sitze. Sie ist guter Laune und macht keine bissigen Bemerkungen.

»Sie sind ein furchtbar guter Mensch, Nikolai Stepanytsch«, sagt sie. »Sie sind ein seltenes Exemplar, und es gibt keinen Schauspieler, der Sie spielen könnte. Mich oder zum Beispiel Michaïl Fjodorytsch könnte selbst ein schlechter Komödiant spielen, Sie aber kein Mensch. Wie ich Sie beneide, wie sehr ich Sie beneide! Sagen Sie doch, was stelle ich denn vor? Was denn?«

Sie überlegt eine Weile und fragt mich dann:

»Nikolai Stepanytsch, ich bin eine negative Existenz? Nicht wahr?«

»Ja«, antwortete ich.

»Hm ... was soll ich machen?«

Was soll ich da antworten? Es ist leicht gesagt: »Arbeite«, oder »Gib dein Hab und Gut den Armen«, oder »Erkenne dich selbst«, und weil so was so leicht gesagt ist, weiß ich keine Antwort für sie.

Meine Kollegen von der Therapeutik raten ihren Schülern in der Heilkunst immer, sie sollen »jeden einzelnen Fall individualisieren«. Diesen Rat muß man befolgen, und man wird finden, daß die Mittel, die in den Lehrbüchern als die besten und für die Schablone vollkommen geeigneten angepriesen werden, sich in einzelnen Fällen als vollkommen untauglich herausstellen. Und genau so ist es bei seelischen Leiden.

Aber irgendeine Antwort muß ich ihr geben, und so sage ich:

»Liebe Freundin, du hast viel zu viel freie Zeit. Du mußt dir unbedingt eine Beschäftigung suchen. Und wirklich, warum willst du nicht wieder Schauspielerin werden, wenn du den Beruf dazu in dir fühlst?«

»Ich kann nicht.«

»Du sagst das in einem Ton und einer Weise, als wärest du ein armes Opfer. Das will mir nicht gefallen, liebe Freundin. Du trägst die Schuld an allem selbst. Denk doch zurück, du hast damit angefangen, daß du dich über die Menschen und die Verhältnisse empörtest, aber du hast nichts getan, um diese wie jene besser zu machen. Du hast mit dem Bösen nicht gekämpft, sondern bist müde geworden, und du bist nicht ein Opfer des Kampfes, sondern ein Opfer deiner Kraftlosigkeit. Na ja, du warst damals jung und unerfahren, jetzt könnte alles ganz anders kommen. Nein, wirklich, geh wieder zur Bühne! Da kannst du arbeiten, kannst der heiligen Kunst dienen ...«

»Versuchen Sie doch nicht, so schlau zu sein, Nikolai Stepanytsch«, unterbricht mich Katja, »wollen wir ein für allemal eins abmachen: wir können von Schauspielern, Schauspielerinnen, Schriftstellern sprechen, die Kunst aber wollen wir in Ruhe lassen. Sie sind ein ausgezeichneter, seltener Mensch, Sie haben aber zu wenig Verständnis für die Kunst, um sie, wenn Sie aufrichtig sprechen, für heilig halten zu können. Von der Kunst haben Sie weder einen Begriff noch eine Ahnung. Sie haben Ihr ganzes Leben lang in der Arbeit gesteckt und keine Zeit gehabt, sich in die Kunst zu vertiefen. Überhaupt ... ich liebe diese Gespräche über die Kunst nicht«, fügt sie nervös hinzu, »ich kann das nicht leiden! Sie haben sie so schon genug auf den Hund gebracht; es reicht gerade!«

»Wer hat sie auf den Hund gebracht?«

»Die Künstler durch ihre Versoffenheit, die Zeitungen – durch ihre familiäre Behandlung, die klugen Leute – durch ihr Philosophieren darüber.«

»Die Philosophie gehört gar nicht hierher.«

»O doch! Wenn einer über eine Sache philosophiert, so heißt das, daß er sie nicht begreift.«

Damit sie nicht in ihren bekannten bissigen Ton verfällt, lenke ich das Gespräch schleunigst von diesem Thema ab, und dann schweige ich lange Zeit. Erst, als wir den Wald wieder verlassen und auf Katjas Landhaus zufahren, nehme ich unser vorheriges Gespräch wieder auf und frage sie:

»Du hast mir aber immer noch nicht auf meine Frage geantwortet: warum willst du nicht wieder zur Bühne?«

»Nikolai Stepanytsch, das wird schließlich grausam!« fährt sie auf und wird auf einmal feuerrot. »Sie verlangen, daß ich Ihnen laut und deutlich die Wahrheit sage? Bitte schön, wenn Ihnen … wenn Ihnen das angenehm ist! Ich habe kein Talent! Kein Talent und … sehr viel Egoismus! So!«

Und nach diesem Geständnis wendet sie ihr Gesicht weg und reißt heftig an den Zügeln, damit ich nicht merke, wie ihre Hände zittern.

Als wir uns ihrem Landhaus nähern, sehen wir schon von weitem Michaïl Fjodorowitsch vor dem Gartentor auf und nieder gehen und uns ungeduldig erwarten.

»Schon wieder dieser Michaïl Fjodorytsch!« sagt Katja ärgerlich. »Schaffen Sie ihn mir, bitte, vom Halse! Ich habe genug von ihm, er ist mir so langweilig geworden … Ach Gott!«

Michaïl Fjodorowitsch müßte schon längst im Ausland sein, aber er verschiebt seine Abreise von Woche zu Woche. Er hat sich in letzter Zeit in mancher Hinsicht verwandelt: er ist gewissermaßen steuerlos geworden, er bekommt leicht einen Rausch vom Wein, und das war früher nie der Fall, und seine schwarzen Brauen fangen schon an, grau zu werden. Wenn unser Charabanc an der Pforte hält, verhehlt er seine Freude und seine Ungeduld nicht. Er hilft Katja und mir behutsam aus dem Wagen, beeilt sich, Fragen an uns zu richten, lacht, reibt sich die Hände, und der sanfte, flehende, reine Ausdruck, den ich früher nur in seinen Augen fand, hat sich jetzt über sein ganzes Gesicht verbreitet.

Er freut sich, und zugleich schämt er sich seiner Freude, er schämt sich seiner Gewohnheit, jeden Abend bei Katja zu verbringen, und hält es für nötig, seinen Besuch mit einer durchsichtigen, ganz dummen Ausrede zu motivieren, wie: »Ich kam gerade in Geschäften hier vorüber, und da dachte ich mir, ich will doch auf eine Minute hineinschauen.«

Alle drei gehen wir dann ins Zimmer: zuerst trinken wir Tee, dann erscheinen auf dem Tische die bekannten zwei Spiele Karten, ein großes Stück Käse, Obst und eine Flasche Krimscher Champagner. Unsere Gesprächsthemen sind die alten, genau dieselben, wie im Winter. Es ist die Rede von der Universität, den Studenten, der Literatur, dem Theater; die Luft wird dick und schwül vor hämischen Redensarten, und es ist nicht mehr der Pesthauch von zwei Kröten, der sie vergiftet, es sind jetzt ganze drei. Außer dem sammetweichen Baritonlachen und dem Gelächter, das den Rhythmus einer Harmonika hat, hört die Magd, die uns bedient, noch ein drittes, unsympathisches, zitteriges Gelächter; alte Generäle in Possen pflegen so zu lachen: He-he-he.

5.

Es gibt grausige Nächte mit Donner, Blitz, Regen und Sturm, die der Volksmund Höllennächte nennt. Genau solch eine Höllennacht habe ich neulich in meinem persönlichen Leben durchgemacht …

Ich wache nach Mitternacht auf und springe mit einem Satz aus dem Bette. Ich weiß nicht, warum ich das Gefühl habe, daß ich sofort eines plötzlichen Todes sterben werde. Woher kommt das? Ich spüre in meinem Körper keine von den Erscheinungen, die auf ein baldiges Ende hindeuten, aber meine Seele wird von einem Entsetzen gepeitscht, als hätte ich auf einmal eine ungeheuere dräuende Feuersbrunst erblickt!

Ich mache eilend Licht und trinke Wasser, direkt aus der Karaffe, dann laufe ich ans offene Fenster. Draußen ist ein wundervolles Wetter. Ein Duft von Heu und noch etwas Schönem in der Luft. Ich sehe die Latten des Zaunes, die kümmerlichen Bäume, die vor meinem Fenster schlafen, die Straße, den dunkelen Streifen des Waldes; am Himmel in tiefer Ruhe und leuchtender Pracht der Mond, und nicht eine einzige

Wolke. Stille, kein Blatt rührt sich. Ich habe ein Gefühl, als lauschte und spähte alles zu mir herüber, wie ich nun gleich sterben werde …

Es ist unheimlich. Ich schließe das Fenster und laufe an mein Bett. Ich fasse nach meinem Puls, und als ich ihn im Handgelenk nicht finden kann, suche ich ihn in den Schläfen, dann unter dem Kinn, dann wieder im Handgelenk; und wohin ich fasse, fühle ich mich kalt an und glitschig vor Schweiß. Mein Atem geht immer schneller und schneller, mein Körper zittert, mein ganzes Eingeweide ist in Aufruhr, auf dem Gesicht und der Glatze habe ich ein Gefühl, als läge ein Spinngewebe darauf.

Was soll ich tun? Soll ich meine Angehörigen rufen? Nein, das hat keinen Zweck. Ich weiß nicht, was meine Frau und Lisa tun würden, wenn sie jetzt hereinkämen.

Ich stecke meinen Kopf unter das Kissen, schließe die Augen und warte, warte … Mich friert im Rücken, es ist, als ob er sich nach innen zöge, und ich habe ein Gefühl, als ob der Tod ganz sicher von hinten an mich herankäme, leise, leise …

»Kiwi, Kiwi«, höre ich plötzlich ein Piepsen in der nächtlichen Stille, und ich weiß nicht, woher es kommt, aus meiner Brust, oder von draußen, von der Straße?

»Kiwi, Kiwi!«

Lieber Gott, wie schrecklich das ist! Ich würde noch einmal Wasser trinken, aber ich fürchte mich zu sehr, als daß ich die Augen aufzumachen oder den Kopf zu heben wagte. Dies Grausen bei mir ist animalisch, ich kann mir keine Rechenschaft darüber geben und kann auf keine Weise begreifen, woher es kommt: daher, daß ich noch am Leben bleiben möchte, oder weil mich ein neuer, niegekannter Schmerz erwartet?

Von oben, durch die Zimmerdecke, dringt ein seltsamer Ton herunter, es ist kein Stöhnen und auch kein Lachen, und hat doch von beidem etwas … Ich lausche. Nach einer kleinen Weile höre ich Schritte auf der Treppe. Jemand geht eilig hinunter, dann wieder nach oben. Nach einer Minute höre ich die Schritte wieder unten, jemand bleibt an meiner Tür stehen und horcht.

»Wer da?« schreie ich.

Die Tür geht auf, ich öffne mit einem kühnen Entschluß die Augen und sehe meine Frau. Ihr Gesicht ist bleich und ihre Augen sind verweint.

»Schläfst du nicht, Nikolai Stepanytsch?« fragt sie.

»Was willst du?«

»Um Gottes willen, komm doch mal zu Lisa und sieh sie dir an. Ich weiß nicht, was sie hat …«

»Schön … Mit Vergnügen …« brumme ich, todfroh, daß ich nicht mehr allein bin, »schön … Im Augenblick!«

Ich gehe hinter meiner Frau her, ich höre, daß sie mit mir spricht, aber ich verstehe vor innerer Erregung kein Wort. Auf den Treppenstufen tanzen Lichtflecken von ihrer Kerze, zittern unsere langen Schatten, meine Beine verwickeln sich in die Schöße des Schlafrocks, die Luft geht mir aus, und ich habe ein Gefühl, als ob einer mir nachjagte und kalte Finger in meinen Rücken krallte. »Im nächsten Augenblick sterbe ich, hier auf dieser Treppe«, denke ich, »im nächsten Augenblick …« Aber da sind wir schon oben, haben den dunkeln Gang mit dem italienischen Fenster durchschritten und treten in Lisas Zimmer. Sie sitzt aus dem Bett, im bloßen Hemd, läßt ihre nackten Füße baumeln und stöhnt.

»Ach, du lieber Gott … ach, du lieber Gott!« murmelt sie und blinzelt in unser Licht. »Ich kann nicht, ich kann nicht …«

»Lisa, Kind«, sag' ich, »was hast du?«

Als sie mich sieht, schreit sie auf und fliegt mir an den Hals.

»Mein lieber Papa …« schluchzt sie, »mein guter Papa … Du Liebster, Bester … Ich weiß nicht, was mir ist … So schwer ist mir zumut!«

Sie umarmt mich, küßt mich und flüstert Kosenamen, die ich zuletzt von ihr gehört habe, als sie noch ein kleines Mädchen war.

»Werde nur wieder ruhig, Kind. In Gottes Namen«, sag' ich, »du mußt nicht weinen. Auch mir ist schwer zumute.«

Ich decke sie zu, meine Frau gibt ihr zu trinken, und wir beide stoßen uns unbeholfen vor ihrem Bett herum; ich stoße mit meiner Schulter an ihre, und da kommt es mir in den Sinn, wie wir einst unsere Kinder gebadet haben.

»So hilf ihr doch, hilf ihr!« fleht mich meine Frau an, »tu doch etwas für sie!«

Was kann ich da tun? Das Mädel hat irgendeine Last auf der Seele, aber ich verstehe, ich weiß nichts davon und kann nur murmeln:

»Es ist ja nichts, es ist nichts … Das geht schon vorüber … Schlaf' nur, schlaf' …«

Und als gehörte das mit dazu, beginnt auf einmal ein Hundegeheul auf unserem Hof, zuerst leise, unentschlossen, dann laut, zweistimmig. Ich habe solchen Vorzeichen, wie Hundegeheul und Käuzchengeschrei, nie eine Bedeutung beigelegt, aber jetzt krampft sich mein Herz qualvoll zusammen, und ich beeile mich, eine Erklärung dafür zu finden.

»Unsinn ...« denke ich. »Der Einfluß des einen Organismus auf den andern. Meine starke Nervenanspannung hat sich auf meine Frau, auf Lisa, auf den Hund übertragen, das ist das Ganze ... Durch solche Übertragungen erklären sich alle Ahnungen und Vorzeichen ...«

Als ich nach einer Weile wieder in mein Zimmer trete, um ein Rezept für Lisa aufzuschreiben, denke ich schon nicht mehr daran, daß ich bald sterben werde, nur so schwer und traurig ist mir ums Herz, daß es mir fast leid tut, daß ich nicht plötzlich gestorben bin. Lange stehe ich mitten im Zimmer, ohne mich zu rühren, und denke nach, was ich Lisa verschreiben soll, aber das Stöhnen droben verstummt, und ich beschließe, ihr überhaupt nichts zu verschreiben; aber doch stehe ich immer noch so da ...

Totenstille! »Eine Stille, daß sie einem geradezu in den Ohren klingt«, hat irgendein Schriftsteller mal gesagt. Die Zeit schreitet langsam, die Mondscheinstreifen auf dem Fensterbrett verändern ihre Lage nicht, es ist, als wären sie angefroren ... Die Dämmerung ist noch fern.

Aber da knarrt die Tür im Zaun, jemand stiehlt sich herein, bricht einen Zweig von einem der kümmerlichen Bäume und klopft mit ihm vorsichtig ans Fenster.

»Nikolai Stepanytsch!« höre ich eine Stimme flüstern, »Nikolai Stepanytsch!«

Ich öffne das Fenster, und mir ist, als träumte ich; unter meinem Fenster, an die Wand gedrückt, steht eine Frau in schwarzem Kleide, hell vom Monde beschienen, und sieht mich mit großen Augen an. Ihr Gesicht ist bleich, streng und phantastisch im Mondenschein, als wäre es marmorn, ihr Kinn zittert.

»Ich bin's ...« sagt sie, »ich, Katja!«

Im Licht des Mondes sehen die Augen jeder Frau groß und schwarz aus, die Menschen erscheinen höher und bleicher, und darum habe ich sie wahrscheinlich im ersten Augenblick nicht erkannt.

»Was hast du?«

»Verzeihen Sie«, sagt sie, »mir wurde auf einmal so unerträglich schwer ums Herz ... Ich konnte es nicht mehr aushalten und bin hergefahren ... In Ihrem Fenster war Licht und ... ich entschloß mich, anzuklopfen ... Verzeihen Sie ... Ach, wenn Sie wüßten, wie schwer mir ums Herz war! Was tun Sie jetzt eigentlich?«

»Nichts ... Ich kann nicht schlafen.«

»Ich hatte so ein banges Vorgefühl. Dummes Zeug übrigens.«

Ihre Brauen heben sich, ihre Augen glänzen vor Tränen, und ihr ganzes Gesicht wird licht und hell in dem mir einst so gut bekannten, so lange nicht gesehenen zutraulichen Ausdruck.

»Nikolai Stepanytsch!« sagt sie mit flehender Stimme und streckt mir beide Arme entgegen. »Lieber, ich bitte Sie ... ich flehe Sie an ... Wenn Sie meine Freundschaft und Verehrung nicht verachten, so erfüllen Sie mir eine Bitte!«

»Was willst du denn?«

»Nehmen Sie Geld von mir an!«

»Was das wieder für Ideen sind! Was soll ich denn mit deinem Geld?!«

»Sie können irgendwohin fahren und eine Kur brauchen ... Sie haben das unbedingt nötig. Wollen Sie es annehmen? Ja? Lieber, ja?«

Sie bohrt ihre Augen durstig in mein Gesicht und fragt noch einmal: »Ja? Wollen Sie es annehmen?«

»Nein, liebe Freundin, das tu’ ich nicht«, sage ich. »Danke.«

Sie wendet mir den Rücken und läßt den Kopf sinken. Ich habe wohl in einem Tone Nein gesagt, der jedes weitere Wort über das Geld abschneidet.

»Fahr’ nach Hause und leg’ dich schlafen«, sag ich, »morgen sehen wir uns.«

»Also halten Sie mich nicht für Ihren Freund?« fragt sie niedergeschlagen.

»Das habe ich nicht gesagt. Aber dein Geld kann mir jetzt nichts nützen.«

»Verzeihen Sie ...« sagt sie, und ihre Stimme wird um eine ganze Oktave tiefer, »ich verstehe Sie ... einem Menschen wie mir wollen Sie nichts schuldig sein ... einer ausrangierten Schauspielerin ... also denn, adieu ...«

Und sie entfernt sich so schnell, daß ich nicht einmal Zeit habe, ihr Adieu zu sagen.

6.

Ich bin in Charkow.

Ich kann gegen die mich jetzt beherrschende Stimmung nicht ankämpfen, und es würde auch über meine Kräfte gehen; so habe ich denn beschlossen, daß meine letzten Lebenstage wenigstens in formaler Hinsicht einwandfrei sein sollen; wenn meine Stellung zu meiner Familie eine falsche ist, was ich selbst ganz klar erkenne, so will ich mir doch Mühe geben, zu handeln, wie sie es wünscht. Soll ich nach Charkow, so fahre ich nach Charkow. Und außerdem bin ich in letzter Zeit so gleichgültig gegen alles geworden, daß es mir wirklich ganz egal ist, wohin ich reise, nach Charkow, Paris oder Berditschew.

Ich bin um zwölf Uhr mittags angekommen und in einem Hotel in der Nähe der Kathedrale abgestiegen. Ich bin durchgerüttelt von der Fahrt, erkältet von der Zugluft, und sitze nun auf meinem Bett, halte meinen Kopf und warte auf den *tic*. Ich sollte eigentlich die mir bekannten Professoren aufsuchen, aber ich habe keine Lust und keine Kraft dazu.

Der Zimmerkellner, ein alter Mann, kommt herein und fragt mich, ob ich eigene Bettwäsche mit hätte. Ich halte ihn vielleicht fünf Minuten auf und richte einige Fragen an ihn, die sich auf Gnecker beziehen, um dessen willen ich hier bin. Der Kellner ist ein eingeborener Charkower und kennt die Stadt wie seine Tasche, aber es zeigt sich, daß er von keinem Hausbesitzer namens Gnecker weiß. Ich erkundige mich nach den umliegenden Gütern – mit demselben Erfolg.

Die Uhr auf dem Gang schlägt eins, dann zwei, dann drei ... Die letzten Monate meines Lebens, seit ich auf den Tod warte, erscheinen mir länger, als mein ganzes übriges Leben. Und ich habe es früher nie verstanden, mich mit dem langsamen Gang der Zeit so gut abzufinden, wie jetzt. Früher passierte es, wenn ich auf dem Bahnhof einen Zug erwartete oder im Examen saß, daß sich mir eine Viertelstunde zu einer Ewigkeit dehnte, jetzt kann ich ganze Nächte reglos auf meinem Bett sitzen und mit vollkommenem Gleichmut daran denken, daß mich morgen wieder so eine lange, farblose Nacht erwartet, und übermorgen …

Die Uhr auf dem Gange schlägt fünf, sechs, sieben … Es wird dunkel. In der Wange spüre ich einen dumpfen Schmerz – so fängt der *tic* immer an. Um meine Gedanken davon abzulenken, stelle ich mich auf meinen früheren Standpunkt, aus der Zeit, da ich noch nicht gleichgültig war, und frage mich: warum sitze ich hier, ich, der berühmte Mann, der Geheime Rat, hier in diesem kleinen Gasthauszimmer, auf diesem Bette mit der fremden, grauen Decke? Warum starre ich diese billige blecherne Waschschüssel an und horche, wie auf dem Gange draußen die klapperige Uhr tickt? Ist das alles meiner würdig, meines Ruhmes und meiner hohen Stellung unter den Menschen? Und auf diese Fragen antworte ich mir mit einem höhnischen Auflachen. Lächerlich kommt mir die Naivität vor, mit der ich einmal in meiner Jugend die Bedeutung des Ruhmes und der Ausnahmestellung der berühmten Männer aufgebauscht habe. Ich bin berühmt, mein Name wird mit Ehrfurcht genannt, mein Bild hat in der »Illustrierten Zeitung« und anderen Wochenschriften gestanden, meine Biographie habe ich sogar einmal in einer deutschen Zeitschrift gelesen – und was ist das Ergebnis von alledem? Ich sitze mutterseelenallein in einer fremden Stadt, auf einem fremden Bett und reibe meine schmerzende Backe mit dem Handteller … Die häuslichen Widrigkeiten, die Unbarmherzigkeit der Gläubiger, die Grobheit des Eisenbahnpersonals, die Mängel unseres Paßwesens, das teure und unbekömmliche Essen auf den Bahnhöfen, die Unliebenswürdigkeit und Grobheit der Menschen überhaupt gegeneinander – alles das und noch vieles andere, das ich hier nicht aufzählen kann, trifft mich genau so wie irgendeinen ixbeliebigen Kleinbürger, der nur sein Vorstadtgäßchen kennt. Worin dokumentiert sich denn meine Ausnahmestellung? Zugegeben, daß ich tausendmal berühmt bin, daß ich ein großer Mann, der Stolz meines Vaterlandes bin; sie werden allen Zeitungen Bulletins über meine Krankheit veröffentlichen, die Post wird mir mitfühlende Adressen meiner Kollegen, meiner Schüler und des Publikums bringen, aber das alles macht die Sache nicht anders. Ich werde in einem fremden Bette sterben, traurig und ganz allein und verlassen … daran trägt selbstverständlich niemand die Schuld, aber ich, Gott verzeih mir die Sünde, ich hasse meinen populären Namen. Ich habe ein Gefühl, als ob er mich betrogen hätte.

Um zehn Uhr schlafe ich ein, und schlafe fest, trotz des *tics*, und würde lange schlafen. Aber ich werde geweckt. Kurz nach ein Uhr wird an die Tür geklopft.

»Wer da?«

»Telegramm!«

»Morgen früh wär's auch noch Zeit gewesen«, sag' ich ärgerlich, als der Zimmerkellner mir das Telegramm gibt, »zum zweiten Male schlafe ich jetzt nicht mehr ein.«

»Pardon. In Ihrem Zimmer war noch Licht, und da glaubte ich, daß Sie noch …«

Ich reiße das Telegramm auf und sehe zuerst nach der Unterschrift; von meiner Frau! Was will sie?

»Gestern Gnecker und Lisa heimlich getraut. Rückkehre.«

Ich lese das und erschrecke für einen Augenblick. Mich erschreckt nicht Lisas und Gneckers Handlungsweise, sondern der Gleichmut, mit dem ich die Nachricht von ihrer Trauung vernehme. Philosophen und wirklich weise Männer sollen Gleichmut besitzen. Das ist nicht wahr: Gleichmut ist die Paralyse der Seele, der Tod vor dem Tode.

Ich lege mich wieder ins Bett und fange an, darüber nachzudenken, mit was für Gedanken ich meine Zeit hinbringen soll. Worüber soll ich nachdenken? Mir ist, als hätte ich alles schon durchgedacht und als gäbe es nichts, das jetzt noch fähig wäre, meine Gedanken in Fluß zu bringen …

Als es hell wird, sitze ich in meinem Bette, die Arme um die Knie geschlungen, und gebe mir Mühe, mich selbst zu erkennen, weil ich einfach nicht weiß, womit ich mich sonst beschäftigen soll. »Erkenne dich selbst« – das ist ein schöner und nützlicher Rat; schade nur, daß die Alten vergessen haben, dazu zu sagen, wie man das machen soll.

Wenn ich sonst einmal Lust hatte, irgend jemand, oder mich selbst, zu verstehen, dann faßte ich nicht die Taten ins Auge, die ja immer durch Äußerlichkeiten bedingt sind, sondern die Wünsche. Sage mir, was du dir wünschest, und ich werde dir sagen, wer du bist …

Und jetzt examiniere ich mich: was wünsche ich mir?

Ich wünsche mir, daß unsere Frauen, Kinder, Freunde, Schüler nicht den Namen, die Firma, den offiziellen Stempel in uns liebten, sondern den ganzen einfachen Menschen; und weiter? Ich wünschte mir, ich hätte Helfer und Nachfolger … Und weiter? Ich wollte, ich könnte in hundert Jahren wieder einmal aufstehen und meinetwegen nur einen kurzen Blick darauf werfen, wie es dann mit der Wissenschaft stehen wird … Ich wünsche mir, noch zehn Jahre vielleicht zu leben … Und weiter?

Und weiter nichts … Ich denke nach, denke lange, und kann mir nichts mehr erdenken. Und soviel ich nachdenke, und wohin ich meine Gedanken ausschicke, es ist mir ganz klar, daß unter meinen Wünschen kein beherrschender Hauptwunsch, kein besonders wichtiger Wunsch lebt. In meiner leidenschaftlichen Liebe zur Wissenschaft, in meiner Sehnsucht, zu leben, in diesem Sitzen auf einem fremden Bett und dem Streben, mich selbst zu erkennen, in allen meinen Gedanken, Gefühlen und Begriffen, die sich mit allem beschäftigen, ist nichts Gemeinsames, das alles zu einem Ganzen verbände … Jeder Gedanke, jedes Gefühl lebt in mir für sich, und in allen meinen Urteilen über Wissenschaft, Theater, Literatur, über meine Schüler, und in allen Bildern, die meine Phantasie mir malt, könnte auch der schärfste Analytiker nichts von dem finden, was man eine beherrschende Idee nennt, oder den Gott eines lebendigen Menschen …

Und wo das nicht ist, da ist eben nichts …

Weil ich so arm bin, brauchte es nur die ernsthafte Krankheit, die Furcht vor dem Tode, den Einfluß der Verhältnisse und Menschen, und alles, was ich früher für meine Weltanschauung gehalten, worin ich den Sinn und die Freude meines Lebens gesehen hatte, wurde unterst zu oberst gekehrt und zerfiel zu Staub. Also ist es nicht zu verwundern, daß ich die letzten Monate meines Lebens mir durch Gedanken und Gefühle verdunkelt habe, die eines Sklaven und Barbaren würdig find, daß ich jetzt gleichgültig bin und keine Hoffnung auf neues Licht sehe. Wenn in einem Menschen nicht etwas lebt, das höher und stärker ist als alle äußerlichen Einflüsse, so braucht es natürlich nur einen tüchtigen Schnupfen, und er verliert das Gleichgewicht und sieht in jedem Vogel ein Käuzchen und hält jeden Laut für Hundegeheul. Und sein ganzer

Pessimismus, oder Optimismus, hat dann nur die Bedeutung eines Symptoms, und weiter nichts ...

Ich bin besiegt. Wenn es so ist, frommt es zu nichts, darüber noch weiter lange nachzudenken, frommt es nichts, davon zu reden. Ich werde sitzen und schweigend erwarten, was kommen muß ...

Am Morgen bringt mir der Zimmerkellner den Tee und die Charkower Zeitung. Mechanisch lese ich die amtlichen Ankündigungen auf der ersten Seite, den Leitartikel, die Revue der Zeitungen und Journale, die Lokalnachrichten ... Unter anderen finde ich im Lokalen folgende Notiz: »Gestern traf mit dem Kurierzug in Charkow unser berühmter Gelehrter, der hochverdiente Professor Nikolai Stepanowitsch Soundso ein und ist im Hotel Soundso abgestiegen.«

Es ist ganz klar, so ein berühmter Name ist geschaffen, um für sich zu leben, neben dem, der ihn trägt. Jetzt spaziert mein Name ganz vergnügt in Charkow herum: nach drei Monaten wird er in goldenen Buchstaben auf meinem Grabstein blitzen, wie die Sonne selbst – und das, während über mir schon das Moos wächst.

Ein leises Klopfen an der Tür. Jemand will was von mir.

Die Tür geht auf, und ich trete erstaunt einen Schritt zurück und beeile mich, die Schöße meines Schlafrocks übereinander zu schlagen. Vor mir steht Katja.

»Guten Morgen«, sagt sie, atemlos vom Treppensteigen, »ein unerwarteter Gast? Ich bin auch ... auch hergereist.«

Sie setzt sich und spricht weiter, stotternd, und ohne mich anzusehen:

»Warum sagen Sie mir nicht Guten Tag? Ich bin auch hergekommen ... heute ... Ich erfuhr, daß Sie in diesem Hotel wohnen, und da bin ich zu Ihnen gekommen ...«

»Sehr erfreut, dich zu sehen«, sage ich, mit einem Achselzucken, »aber ich wundere mich ... du kommst ja, wie aus den Wolken geschneit. Warum bist du hier?«

»Ich? So ... ich habe mich einfach aufgemacht und bin hergekommen.«

Schweigen. Auf einmal steht sie unvermittelt auf und tritt auf mich zu.

»Nikolai Stepanytsch«, sagt sie und erblaßt und preßt ihre Hände über der Brust zusammen, »Nikolai Stepanytsch, länger kann ich so nicht leben! Ich kann nicht! Um des lebendigen Gottes willen, was soll ich tun? Sagen Sie mir, was ich tun soll?«

»Was kann ich dir sagen?« erwidere ich zweifelnd, »nichts kann ich dir sagen.«

»Sagen Sie mir's, ich beschwöre Sie!« fährt sie fort, außer Atem und zitternd am ganzen Körper. »Ich schwör' es Ihnen, so kann ich nicht länger leben! Es übersteigt meine Kräfte!«

Sie fällt in einen Stuhl und fängt zu schluchzen an. Sie läßt den Kopf hintenüberhängen, ringt die Hände, stampft mit den Füßen; ihr Hut ist vom Kopfe gerutscht und baumelt am Gummiband, ihr Haar ist aufgegangen …«

»Helfen Sie mir! Helfen Sie!« fleht sie, »ich kann nicht mehr!«

Sie holt ihr Taschentuch aus dem Reisetäschchen und zieht mit ihm ein paar Briefe heraus, die von ihrem Schoß auf den Boden gleiten. Ich hebe sie auf und sehe, daß der eine Michaïl Fjodorowitschs Handschrift trägt, und lese, ohne es zu wollen, ein Stück von einem Wort: »Leidensch…«

»Ich kann dir nichts sagen, Katja«, sage ich.

»Helfen Sie mir!« schluchzt sie und erfaßt meine Hände und küßt sie, »Sie sind doch mein Vater, mein einziger Freund! Sie sind doch klug, gebildet und leben schon so lange! Sie sind Lehrer gewesen! Sprechen Sie! Was soll ich tun?«

»Nach bestem Wissen und Gewissen, Katja: ich weiß nicht …«

Ich bin verwirrt, konfus, weich gemacht durch ihr Schluchzen, und kann mich kaum auf den Füßen halten.

»Wollen wir frühstücken, Katja«, sag' ich, gezwungen lächelnd. »Wer wird denn weinen!«

Und dann füge ich sogleich mit sinkender Stimme hinzu:

»Bald werde ich nicht mehr sein, Katja …«

»Nur ein Wort, ein einziges Wort!« schluchzt sie und reckt mir die Arme entgegen. »Was soll ich tun?«

»Du bist sonderbar, wirklich …« murmele ich, »ich begreife nicht! So eine kluge Frau, und auf einmal – fängt sie zu weinen an …«

Es tritt ein Schweigen ein. Katja bringt ihre Frisur in Ordnung und setzt den Hut wieder auf, dann knüllt sie die Briefe zusammen und steckt sie in ihr Täschchen – alles schweigend und ohne Hast. Ihr Gesicht, ihre Brust und ihre Handschuhe sind feucht von Tränen, aber ihre Miene ist trocken, hart ... Ich blicke sie an, und mich überkommt etwas wie Scham, weil ich glücklicher bin als sie. Daß ich das nicht besitze, was meine Kollegen von der philosophischen Fakultät die beherrschende Idee nennen, ich habe es erst kurz vor meinem Tode bei mir bemerkt, am Ende meiner Tage, aber die Seele dieses armen Wesens hat ihr ganzes Leben lang keine Zuflucht gekannt und wird nie eine kennen, ihr ganzes Leben lang!

»Also, Katja, frühstücken wir!« sag' ich.

»Nein, danke«, erwiderte sie kalt.

Noch eine Minute vergeht im Schweigen.

»Charkow gefällt mir gar nicht«, sage ich, »es ist so grau. Was für eine graue Stadt das ist ...«

»Ja, vielleicht ... Nein, nicht sehr hübsch ... Ich bin nur für kurze Zeit hier ... Auf der Durchreise. Heute fahre ich weiter.«

»Wohin?«

»In die Krim ... Das heißt, nach dem Kaukasus.«

»So? Für lange?«

»Ich weiß nicht.«

Katja erhebt sich, lächelt kalt, ohne mich anzusehen, und reicht mir die Hand.

Ich möchte fragen: »Also, auf meiner Beerdigung wirst du nicht sein?« Aber sie schaut mich nicht an, ihre Hand ist kalt, eine fremde Hand gleichsam ... Ich geleite sie schweigend zur Tür ... Und nun hat sie mein Zimmer verlassen, sie geht den langen Gang hinunter, ohne sich umzusehen. Sie weiß, daß meine Blicke ihr folgen, und sie wird sich wohl umsehen, da wo der Gang das Knie macht ...

Nein, sie hat sich nicht umgesehen. Der letzte Schimmer ihres schwarzen Kleides ist verschwunden, die Schritte sind verhallt ... Leb wohl, du mein geliebtes Leben!

Biographie

1860   *17. Januar:* Anton Pawlowitsch Tschechow wird in dem kleinen Seehafen von Taganrog, Ukraine, als Sohn von einem Lebensmittelhändler und Enkel eines Leibeigenen, der seine eigene Freiheit gekauft hat, geboren. Tschechows Mutter ist Yevgenia Morozov, die Tochter eines Tuchhändlers. Tschechows Kindheit wird von der Tyrannei seines Vaters, von religiösem Fanatismus und von langen Nächten in dem Geschäft überschattet, das von fünf Uhr morgens bis Mitternacht geöffnet ist.

1867–1868   Er besucht eine Schule für griechische Jungen in Taganrog und das Gymnasium in Taganrog.

1879   Er folgt nach dem Abitur der schon vorausgezogenen Familie nach Moskau. Dort nimmt er ein Medizinstudium auf.

1882   »Nenuzhnaya-Pobeda« erscheint.

1883   »Smert' cinovnika« (»Tod eines Beamten«), Kurzgeschichte.

1884   *Juni:* Er schließt mit dem Arztdiplom ab.
»Drama-Na-Okhote«, (»Die Schießfeier«).

Seit 1880   Er veröffentlicht seine ersten Werke.
Noch während der Schule, fängt er an, Hunderte von komischen Kurzgeschichten zu veröffentlichen, um sich und seine Mutter, Schwestern und Brüder zu unterstützen. Sein Verlag in diesem Zeitraum ist der von Nicholas Leikin, Besitzer der Sankt Petersburger Zeitung »Oskolki« (Splitter).

1885   *Dezember:* Er knüpft in St. Petersburg Kontakte zu Suvorin, der ihm seine Zeitschrift »Novoe vremja« öffnet. Er wird langsam aber sicher bekannt.

1886   »Tolstyj i tonkij« (»Der Dicke und der Dünne«), Kurzgeschichte.
»Toska« (»Gram«), Erzählung.

1887   Erste Arbeiten für das Theater erfolgen; Tschechow wird Mitglied der Gesellschaft der russischen dramatischen Schriftsteller und Opernkomponisten.

1888	Die erste Auszeichnung ist der Puškin-Preis für den Sammelband »In der Dämmerung«.
	Den Sommer verbringt Tschechow im Süden.
	»Medved'« (»Der Bär«), Komödie.
1889	Er betreut seinen sterbenden Bruder Nikolaj und hält sich anschließend länger in Odessa und Jalta auf.
	Die in diesem Jahr geschriebene Komödie »Der Waldschrat« wird ein Mißerfolg.
	»Step: Istorija odnoj poezdki« (»Die Steppe. Geschichte einer Reise«), Erzählung.
1890	Tschechow unternimmt ab April eine siebeneinhalbmonatige Reise nach Sachalin.
1891	Er reist mit Suvorin für mehrere Wochen nach Italien und Paris.
	Als in Zentralrußland Hungersnöte ausbrechen, ist Tschechow bei der Organisation von Hilfsmaßnahmen aktiv, später engagiert er sich in der Zemstvo von Serpuchov als Arzt. Dort hat er sich das Gut Melichovo gekauft.
1892	»Duél'« (»Das Duell«), Erzählung.
	»Palata No. 6« (»Krankensaal Nr. 6«), Erzählung.
1894	Tschechow ist wieder in Jalta und Italien.
1896	Er richtet später auf dem Gut Melichovo auch eine Schule ein.
	Die Komödie »Cajka« ist zunächst ein Mißerfolg.
	»Ariadna«.
1897	Er muss sich wegen ernsthafter gesundheitlicher Probleme (Bluthusten) in eine Klinik einweisen lassen. Erneute Auslandsreise.
1898	Das Stück »Cajka« wird zu einem Erfolg. Tschechow hält sich überwiegend auf der Krim auf, wo er sich bei Jalta ein Haus kauft.
1899	Ein Jahr später erscheinen bei Marks seine Werke als Gesamtausgabe.
	»Celovek v futlare« (»Der Mensch im Futteral«), Erzählung.
	»Dama s sobackoj« (»Die Dame mit dem Hündchen«), Erzählung.

1900	Die Wahl in die St. Petersburger Akademie der Wissenschaften, Abteilung Literatur, folgt. Auslandsreisen nach Nizza und Norditalien auch in den nächsten Jahren. »Onkel Vanya«.
1901	Er heiratet die Schauspielerin Olga Knipper. »Drei Schwestern«.
1902	Er tritt aus der Akademie wieder aus, weil man Gorki ausschliesst.
1903	Er widmet sich vor allem der Arbeit am »Kirschgarten«.
1904	Er reist nach Badenweiler, wo er sich einer Kur unterziehen möchte. *2. Juli:* Dort stirbt er im »Hotel Sommer«. Er wird in Moskau beigesetzt. »V ovrage« (»In der Schlucht«), eine Erzählung, erscheint posthum.

Erzählungen aus dem Biedermeier

Biedermeier - das klingt in heutigen Ohren nach langweiligem Spießertum, nach geschmacklosen rosa Teetässchen in Wohnzimmern, die aussehen wie Puppenstuben und in denen es irgendwie nach »Omma« riecht.

Zu Recht. Aber nicht nur.

Biedermeier ist auch die Zeit einer zarten Literatur der Flucht ins Idyll, des Rückzuges ins private Glück und der Tugenden. Die Menschen im Europa nach Napoleon hatten die Nase voll von großen neuen Ideen, das aufstrebende Bürgertum forderte und entwickelte eine eigene Kunst und Kultur für sich, die unabhängig von feudaler Großmannssucht bestehen sollte.

Georg Büchner Lenz **Karl Gutzkow** Wally, die Zweiflerin **Annette von Droste-Hülshoff** Die Judenbuche **Friedrich Hebbel** Matteo **Jeremias Gotthelf** Elsi, die seltsame Magd **Georg Weerth** Fragment eines Romans **Franz Grillparzer** Der arme Spielmann **Eduard Mörike** Mozart auf der Reise nach Prag **Berthold Auerbach** Der Viereckig oder die amerikanische Kiste

ISBN 978-3-8430-1884-5, 444 Seiten, 29,80 €

Erzählungen aus dem Biedermeier II

Annette von Droste-Hülshoff Ledwina **Franz Grillparzer** Das Kloster bei Sendomir **Friedrich Hebbel** Schnock **Eduard Mörike** Der Schatz **Georg Weerth** Leben und Taten des berühmten Ritters Schnapphahnski **Jeremias Gotthelf** Das Erdbeerimareili **Berthold Auerbach** Lucifer

ISBN 978-3-8430-1885-2, 440 Seiten, 29,80 €

Erzählungen aus dem Biedermeier III

Eduard Mörike Lucie Gelmeroth **Annette von Droste-Hülshoff** Westfälische Schilderungen **Annette von Droste-Hülshoff** Bei uns zulande auf dem Lande **Berthold Auerbach** Brosi und Moni **Jeremias Gotthelf** Die schwarze Spinne **Friedrich Hebbel** Anna **Friedrich Hebbel** Die Kuh **Jeremias Gotthelf** Barthli der Korber **Berthold Auerbach** Barfüßele

ISBN 978-3-8430-1886-9, 452 Seiten, 29,80 €